선물거래 베팅사

농업과 유통을 예술처럼 일궈낸 70년의 기록

박성수 지음

히움출판사

박성수(朴成洙)는
1956년 경북 안동시 임동면 마령리 '맛재'에서 태어났다.
밀양박씨 판도공파 박강도(朴康道)의 종손으로,
제궁에서 전통과 공동체의 정신을 익히며 성장했다.

서울에서 농업회사법인 성화 주식회사를 설립해
배추·무·엽채류 등 신선 채소 유통에 특화된 유통 시스템을 운영하고 있으며,
농업은 정성의 예술, 유통은 신뢰의 철학이라는 신념 아래
현장을 기반으로 기업가정신을 실천하는 CEO로 평가받고 있다.

이 회고록
『선물거래 베팅사: 농업과 유통을 예술처럼 일궈낸 70년의 기록』은
농업과 유통을 잇는 도전과 성실,
그리고 나눔의 철학을 다음 세대에 전하고자 펴낸
그의 첫 저술이다.

주요 약력

1988년 소상인 창업

1994년 청록회 창립 멤버

1995년 전국농산물산지유통인연합회(現 한유련) 창립 멤버

1995년 한국농업유통법인중앙연합회 서울·경기 연합회 부회장

2005년 한국농업유통법인중앙연합회 부회장

2008년 한유련 서울·경기연합회 회장

2009년 농업회사법인 성화주식회사 법인 전환 및 대표이사 (現)

2012년 한국신선채소협동조합 창립 멤버 및 이사

2020년 농림축산식품부 장관 표창 수상

2023년 한국신선채소협동조합 제4대 조합장 (現)

2023년 한국농촌경제연구원 농업관측 중앙자문위원 (現)

2023년 재경 안동향우회 상임 부회장 (現)

2023년 재경 임동향우회 회장 (現)

이 회고록은
단순히 한 사람의 생애를 정리한 기록이 아닙니다.
시대의 격변을 온몸으로 통과한 숙부의 삶을 통해,
우리는 한국 농업과 유통의 현장, 그리고
삶을 대하는 한 인간의 진심과 철학을 엿볼 수 있습니다.

특히 '선물거래 베팅사'라는 제목은
실제의 금융 상품으로서의 선물거래(Futures Trading)가 아니라,
미래를 먼저 보고, 현재를 책임 있게 선택하며 살아온 인생의 방식을 상징합니다.

그 삶은 마치 아직 수확되지 않은 밭에 먼저 씨를 뿌리고,
그 가능성을 믿고 투자해 온 긴 여정과도 같았습니다.
영문 제목인 "A Life Bet on Futures" 역시
'농업과 유통을 경영으로 기획하고, 삶 자체를 미래에 베팅(bet)해온
이야기'를 의미합니다.
이는 단순한 도전이 아니라,
확신과 책임, 신뢰 위에서 쌓아온 인생의 구조이기도 합니다.

조카이자 기록자로서, 숙부의 기억을 정리하고 감수하는 이 과정은
제게도 깊은 배움과 울림이 되었습니다.

삶의 여러 갈래에서 우리가 마주하는 선택의 순간마다,

무엇을 믿고 걸어가야 할지를 묻는 이 여정은

농업과 유통을 넘어 '살아간다는 것' 자체를 다시 성찰하게 합니다.

이책이 지금 이 시대를 살아가는 누군가에게

삶의 나침반이자 용기의 불씨가 되기를 진심으로 바랍니다.

감수자 소개

박무일(朴武日)은

경북 안동에서 태어나 자랐으며

日本 流通經濟大學(Ryutu Keize University)에서 경제학 박사 학위를 받았다.

현재 유한대학교 교수로 재직 중이며,

4차 산업혁명과 기업가정신을 주제로 강의하고 있다.

창직 컨설턴트, 마케팅기획 전문가, 한자교육지도사로서

학문과 실무를 아우르며 다양한 교육과 자문 활동을 이어가고 있다.

주요저서로는『4차산업혁명시대의 기술창업과 기업가정신』(2020년 세종도서 선

정) 등 다수 저술이 있다.

序 文

어느덧 내 나이 일흔, 고희(古稀)를 맞이하게 되었다.
고희란 당나라 시인 두보(杜甫)가
"인생 칠십 고래희(人生七十古來稀)"라 읊은 데서 유래한 말이다.

나에게도 이 순간이 찾아왔다는 사실이 참으로 감격스럽다.
돌아보면, 내 삶(人生)은 마치 선물거래(Futures Trading) 같았다.
미래를 내다보고 현재를 선택하며, 도전과 실패 속에서도
보람을 얻기 위해 베팅(betting)하듯 살아온 여정이었다.

나는 농촌(農村)에서 태어나고 자랐다.
어린 시절은 넉넉하지 못했지만
배움(學習)에 대한 열정(熱情)만큼은 누구보다 컸다.
한문(漢文)을 독학하며 삶의 기초를 쌓았고,
그 지식(知識)과 교양(敎養)은 평생의 자산(資産)이 되어주었다.

가족(家族)과의 유대(紐帶)는 어려움을 극복하는 큰 힘이 되었다.
돌이켜보면 내 삶의 첫 번째 베팅은

바로 이 배움과 성실(誠實)에 대한 믿음이었다.

유통업에 발을 들인 건 생계를 위한 선택이었다.
하지만 점차 시장을 이해하게 되었고,
그 안에서 나만의 농업 경영(農業經營)을 펼칠 수 있었다.
작물을 고르고, 유통을 설계하며
사람을 믿고 함께하는 일은 곧 내 삶의 철학(哲學)이 되었다.

도전의 실패도 있었다. 하지만 그 속에서 얻은 교훈(敎訓)은
언제나 값진 성장을 안겨주었다.
직접 길러낸 작물은 단순한 농산물(農産物)이 아닌,
내 땀과 노력이 담긴 결실(結實)이었다.

삶의 전 과정은 선물거래처럼 보상과 위험이 공존했지만,
나는 그 결과를 통해 한 단계씩 나아갈 수 있었다.
내가 중요하게 여긴 또 하나의 가치는 나눔이다.

처음엔 작은 손길로 시작했지만 이내 삶의 일부가 되었고,
그 안에서 더 큰 보람과 기쁨을 얻을 수 있었다.
나눔은 단순한 베풂이 아니라, 받은 은혜(恩惠)를 되돌려주는 과정이었다.

사람들은 가끔 나를 천사(天使)라 부르지만,

나는 그저 주어진 삶에 감사(感謝)하며 살고자 했을 뿐이다.

무엇보다 큰 축복은 아내 화자(權花子)와의 만남이었다.
그녀는 언제나 밝고 따뜻한 태도(態度)로 나를 지켜주었고,
어려운 시절에도 한결같은 믿음으로 내 곁을 지켜주었다.

우리는 서로에게 가장 큰 힘이 되어
함께한 세월 속에서 수많은 어려움을 극복해냈다.
그녀와의 동행(同行)은 내 인생에서
가장 성공적인 베팅(successful betting)이었다고 생각한다.

또한 밀양박씨 판도공파(密陽朴氏 版圖公派) 문중과의 인연도
삶에 깊은 의미를 더해주었다.
선조들의 발자취를 되새기며
후손들과 함께 이어가야 할 책임감(責任感)을 느껴왔다.
문중과 집안의 신뢰(信賴)는
내게 무엇보다 큰 정신적 자산이었다.

나는 그 신뢰를 지키기 위해
후손들에게도 유산(遺産)과 자긍심을 남기고자 했다.
그 속에서 나 자신이 단순한 개인이 아닌,
역사(歷史)의 한 조각이라는 사실을 자각(自覺)하게 되었다.

이 책을 통해 지난 70년의 여정을 돌아보고,
삶에서 얻은 진리(眞理)와 지혜(智慧)를 나누고자 한다.
때로는 도전의 쓴맛을, 때로는 성공의 달콤함을 겪으며
내 나름의 인생을 선물거래처럼 실현해온 이야기다.

누군가 이 글을 읽고, 작은 용기나 위로를 얻을 수 있다면,
그것만으로도 나는 충분히 보람을 느낄 것이다.
내가 걸어온 길이 누군가에게는 참고(參考書)가 되고,
또 누군가에게는 등불(燈)이 될 수 있기를 바란다.

'호사유피 인사유명(虎死留皮 人死留名).'
'호랑이는 죽어서 가죽을 남기고, 사람은 이름을 남긴다.'는 말처럼
나의 걸음이 남긴 자취가 이 책이 누군가의 인생에도
새로운 영감(靈感)과 의미(意味)를 더해주기를 진심으로 바란다.

2025년 5월
박성수

목차

제4부

유통 혁신과 공동체 – 더 큰 세상을 향한 실천

고향과 뿌리

내가 태어나 자란 곳의 기억들

제1장

내고향 안동, 나의 뿌리

유교의 향기가 배어 있는 도시, 안동

안동, 유학의 본향

나의 고향 안동(安東)은
예부터 유교(儒敎)의 향기(香氣)가 깊이 배어 있는 도시다.

조선 시대의 큰 스승, 퇴계 이황(退溪 李滉) 선생이
이 땅에서 도학(道學)의 정신을 펼쳤고,
서애 류성룡(西厓 柳成龍) 선생은
실천하는 유학(儒學)의 길을 보여주셨다.

이런 분들의 정신이
안동이라는 도시(都市) 곳곳에 스며 있다.

몸으로 익힌 예절, 마음으로 이어진 전통

어릴 적 나는 그런 공기 속에서 자랐다.
굳이 누가 가르치지 않아도 몸으로 예절을 배웠고,
자연스럽게 마음을 다스리는 법을 익혔다.
어른 앞에서는 늘 말조심을 했다.
고개를 숙여 인사하고, 손을 가지런히 모아 절을 올렸다.

명절이 다가오면
집안 어른들과 함께 조상의 차례상을 준비했다.
그 시간 속에서, 가문의 전통과 이야기를 들으며 자랐고,
그것이 나의 뿌리가 되었다.

전통문화의 삶, 그리고 따뜻한 사람들

안동은 유교의 정신만이 아니라,
살아 숨 쉬는 전통문화가 일상에 배어 있는 도시다.
'정신문화의 수도(精神文化의 首都)'라 불리는 이유는,
이곳이 단순히 유산을 보존하는 데 그치지 않고,
삶 속에서 그 정신을 실천해 왔기 때문이다.

하회마을은 유네스코 세계문화유산으로 지정되어 있고,
탈춤과 차전놀이는 예부터 전해 내려오는
우리 민족의 웃음과 지혜, 그리고 공동체의 철학을 담고 있다.

특히 안동국제탈춤페스티벌은

전통(傳統)이 오늘날에도 살아 숨 쉰다는 것을 보여주는 상징적 무대다.

안동댐이 생기면서 지역은 큰 변화를 겪었다.

마을 일부는 수몰되고 삶의 터전을 옮겨야 했지만,

그 속에서도 사람들은 공동체 정신과 전통의 가치를 놓지 않았다.

어디에 살든, 서로를 돕고 정을 나누는 마음은 여전했다.

안동 사람들은 말은 투박하지만 속은 따뜻하다.

한 번 맺은 인연은 쉽게 끊지 않고, 정이 깊고 오래 간다.

나는 그런 사람들 사이에서 자랐고,

허세보다는 진심을, 말보다는 행동을 중시하는 삶의 태도를 배웠다.

그것이야말로 안동이라는 고장이 내게 준

가장 소중한 정신적 유산이다.

책갈피   **왜 안동은 '한국정신문화의 수도(首都)'라 불리는가**

안동이 '정신문화의 수도'로 불리는 이유는 단순한 자부심에 있지 않다.

유교(儒敎)의 전통이 살아 있고, 수많은 독립운동가가 이곳에서 태어났으며,

공동체(共同體)의 윤리와 예절이 지금도 일상 속에 이어지고 있다.

무엇보다 정신이라는 가치를 교육, 학문, 축제 속에 구체화해온 도시라는 점

에서 그렇다.

- **'추로지향(鄒魯之鄉)'**은 정조(正祖)가 퇴계 이황(退溪 李滉)에게 올린 제
  문(祭文)에서 유래한 말로, 공자(孔子)와 맹자(孟子)의 고향에 비견될 만큼

유교 정신이 깊이 뿌리내린 곳이다.

- **'안동학(安東學)'**은 무속, 불교, 기독교, 유교 등 다양한 정신문화가 공존하는 토대 위에서 성립된 국내 유일의 지역학이며, 유네스코 세계유산도시로 등재되어 있다.

- **평생학습도시(平生學習都市)**로서 서원(書院), 향교(鄕校), 시민대학 등 89개 교육기관에서 시민들이 꾸준히 학습하며 선비정신을 실천하고 있다.

- **안동은 석주 이상룡(石洲 李相龍), 일송 김동삼(一松 金東三)** 등 독립운동가를 다수 배출했으며, 등록된 독립유공자(獨立有功者) 수만 해도 363명으로 전국 최다이다.

- **인보협동(隣保協同)**의 전통은 향약(鄕約)에서 비롯되어 현대의 복지 문화로 이어졌으며, 안동은 경북 내 복지시설이 가장 많은 도시 중 하나이다.

- **하회탈춤**을 기반으로 한 안동국제탈춤페스티벌은 탈 문화를 현대적으로 계승하며, IMACO(세계탈문화예술연맹)의 중심 도시로 성장했다.

- **한국국학진흥원(韓國國學振興院)**은 목판(木板) 6만여 장과 고서(古書) 30만여 점을 보관하고 있으며, '유교책판(儒敎冊板)'은 유네스코 세계기록유산에 등재되어 있다.

- 안동은 『**훈민정음 해례본(訓民正音 解例本)**』이 최초로 발견된 곳으로, 『도산십이곡(陶山十二曲)』, 『음식디미방(飮食知味方)』 등 생활 속 한글 문헌이 풍부하게 전해지고 있다.

이처럼 안동은 전통을 간직한 도시를 넘어, 삶으로 정신을 실천해 온 공간이다. **'精神文化의 首都'**라는 이름은 그 조용한 깊이와 무게를 가장 잘 말해준다.

〈참고자료〉 대한민국 보훈방송 (https://www.kvpbnews.com)

내가 태어난 마을, 마령리 '맛재'

말이 짐을 진 형국, 마령리의 이름과 지형

나는 경상북도 안동시 임동면 마령리(馬嶺里),
그중에서도 '맛재'에서 태어났다.
이곳은 밀양박씨(密陽朴氏)의 집성촌(集姓村)이다.
우리 가문은 대대로 이곳에 터를 잡고 살아왔고,
그 뿌리는 단단했다.

'마령(馬嶺)'이란 이름은 지형에서 비롯되었다.
멀리서 보면 산등성이가 짐을 진 말(馬)의 형상과 닮아 있어
예로부터 '마령(馬嶺)'이라 불렸다.

조선시대에는 임하현(臨河縣)에 속하였고,
1895년(고종 32년) 지방 관제 개혁으로
안동군 임동면에 편입되었다.

이후 1914년 일제강점기의 행정구역 개편을 거쳐
쇠랑실, 우무골, 이식골, 송골, 지리실, 한내골 등
여러 자연마을이 통합되어 '마령리(馬嶺里)'가 되었다.

맛재 냇가

맛재와 이웃 마을들, 함께 살아간 정겨운 공동체

마령리 맛재는 그 지형(地形)과 이름처럼
'마령(馬嶺)'의 원형을 잘 품은 마을이다.
사람들은 예부터 이곳을 '맛재'라 불렀고,
그 이름 속에는 함께 농사짓고 웃고 울던
이웃들의 정(情)과 세월이 고스란히 담겨 있다.

맛재를 중심으로
북쪽엔 이식골, 남동쪽엔 송골과 지리실,
북서쪽엔 월곡리(月谷里)와 사월리(沙月里),
남쪽으로는 장터가 열리던 임동 챗거리가 있었다.

지형은 동고서저(東高西低)로,
임하천(臨河川)을 따라 논밭이 펼쳐졌고
사람들은 자연과 함께 살아갔다.

마령리는 여러 자연마을로 구성된 큰 마을이었다.
맛재에는 주로 밀양박씨(密陽朴氏)가 터를 잡고 있었고,
이식골에는 남평문씨(南平文氏),
송골에는 진성이씨(眞城李氏)가 중심을 이루었다.

그러나 각 마을 안에도 다양한 성씨가 함께 어울려 살았으며,
맛재에도 박씨 외에 다른 성씨들이 함께 터전을 이루고 있었다.
성씨는 달랐지만
사람들은 모두 한 동네 식구처럼 지냈다.
명절이면 음식을 나누고,
농번기에는 품앗이로 서로 도왔으며,
마을에 어려움이 닥치면 앞장서 함께 해결했다.
그런 정겨운 정서와 협동의 문화(文化)가
맛재를 중심으로 더없이 따뜻한 공동체(共同體)로 만들었다.

수몰 직전의 마을 전경

임하댐 수몰, 잃어버린 마을과 흩어진 사람들

그 정겨운 풍경도 댐 건설로 크게 달라졌다.
마령리의 여러 자연마을이 물속에 잠기게 되었고,
사람들은 삶의 터전을 잃은 채 서울, 부산 등지로 흩어져야 했다.
일부는 고향 언덕 위에 조성된 마령단지에 정착해
새로운 마을를 일구며 삶을 이어갔다.

위 사진은 임하댐 수몰 직전, 마령리의 마지막 전경이다.
이미 모든 집은 철거된 상태였고,
텅 빈 논밭과 마을의 자취만이 덩그러니 남아 있었다.
물이 들어오기 전,
그 자리를 지키던 건 오직 침묵뿐이었다.

이름만 남은 고향, 기억으로 되살아나는 삶

1995년 안동군과 안동시가 통합되며
행정명은 '안동시 임동면 마령리(馬嶺里)'로 정리되었다.
지명은 남았지만 골목도, 들판도, 집도 모두 수몰되었고,
이제는 사진과 기억 속에서만 그 모습을 찾을 수 있다.

그러나 고향(故鄕)은 단지 주소가 아니다.
흙을 밟고, 숨 쉬고, 웃고 울던 사람들의 삶과
그 속에 담긴 기억(記憶)과 정(情)이 바로 고향이다.

눈에 보이지 않아도,
마령리 고인돌처럼 지워지지 않는 흔적이
지금도 내 마음 깊은 곳에 살아 있다.
다음 세대 또한
그 따뜻했던 정서를 이어받아,
다음 세대와 함께 나누고 싶다.

3

맛재의 당(堂): 수호신을 모시는 공간

회나무 아래의 추억과 경외

당과 회나무

맛재의 당(堂)은 마을의 수호신을 모시는 신성한 공간이었다.
본래는 마을 입구인 가르편에 자리 잡고 있었고,
그곳에는 두 그루의 회나무(檜木)가 서 있었다.

하나는 상당(上堂), 다른 하나는 하당(下堂)이라 불렸다.
사람들은 이 나무들을 신목(神木)이라 여겼다.
마을의 안녕을 지키는 수호신처럼, 늘 당당한 모습이었다.

어린 시절, 나는 그 아래서 친구들과 숨바꼭질을 하기도 했고,
바람에 흔들리는 가지를 바라보며
알 수 없는 경외심을 느끼곤 했다.

어른들은 당집에 함부로 다가가선 안 된다고 늘 당부하셨다.
그 말엔 신(神)에 대한 경외와 마을 규율이 담겨 있었다.

수몰과 함께 옮겨진 신의 자리

임하댐 건설로 마을이 수몰되면서, 당집(堂)도 이전해야 했다.
지금의 마령 신단지 뒷산으로 자리를 옮기게 된 것이다.

당집 이사를 앞둔 날,
흰 옷을 입은 무당(巫堂) 여덟 명이 북과 꽹과리를 울리며
정기를 옮기는 의식을 진행했다.

마을 어르신들은 무거운 표정으로 그 곁을 지키고 있었다.
그날, 아이들조차 장난을 멈추고
숨죽인 채 그 장면을 지켜보았다.

새로 옮겨진 당집은 목조(木造) 구조였다.
정면 1칸, 측면 1칸으로 단출하지만
안에는 시멘트 제단과 30~40cm 크기의 자연석이 모셔져 있었다.

당 안에 모셔진 그 돌 앞에 서면

늘 조용하던 나조차도 한층 더 무거운 마음이 되었다.

마치 보이지 않는 눈이 나를 지켜보는 듯했고,

어느새 두 손을 모은 채 고개를 숙이곤 했다.

그곳은 단순한 돌이 아니라,

마을을 지켜주는 신(神)이 깃든 자리처럼 느껴졌다.

별신제, 마을이 하나 되던 날

별신제

마령리에서는 '무(戊)' 자가 들어가는 해마다

정월 대보름에 별신제(別神祭)를 올렸다.

이날은 마을 전체가 하나가 되는 특별한 날이었다.

모두가 목욕재계하고,

정갈한 옷차림으로 당집(堂) 앞에 모였다.

당마당에는 허수아비와 호랑이 인형이 세워졌고,
굿이 시작되면 무당의 목소리와 함께 북소리, 꽹과리가 울려 퍼졌다.

그 순간만큼은,
마치 하늘과 땅이 연결되는 듯한 신비한 기운이 감돌았다.
아이들조차 숨을 죽이고 굿판을 바라보며
마을의 평안을 함께 기원했다.

별신굿의 중심에는 '허제비'라 불리는 놀이가 있었다.
호랑이를 잡는 상징 행위로,
재앙을 쫓고 악운을 막는 주술적 의식(呪術的 儀式)이었다.

굿이 열리기 전에는 몸과 마음을 정갈히 해야 했고,
의식이 진행되는 동안엔 어른 아이 할 것 없이
조용히 그 순간을 경건하게 지켜보아야 했다.

동제

동제(洞祭)와 마을의 복을 담은 떡

마령리에는 별신제(別神祭)와 더불어
매년 정월 대보름, 마을을 위한 동제(洞祭)도 함께 올렸다.
이 제사의 유래는 한 노승(老僧)의 전설에서 비롯되었다.

옛날, 마령리를 지나던 노승이 시주(施主)를 받은 뒤
마을 정자 앞에서 객사(客死)하였고,
이후 마을엔 불길한 일들이 이어졌다고 전해진다.

어느 날 마을 사람들의 꿈에 나타난 노승은
"자신을 위해 사당을 지어달라"고 부탁했고,
그 뜻을 따라 당집(堂)을 세운 뒤
마을에는 다시 평안(平安)이 찾아왔다.

그 이후로 사람들은 해마다 제사를 지냈고,
그 제례가 바로 마령리의 동제가 되었다.
제사를 마친 뒤엔 마을 사람들과 함께
백설기 떡을 나누어 먹었다.
이 떡은 단지 먹을거리가 아니라,
신의 복을 함께 나누는 신성한 음식이었다.

어른들은 늘 말씀하셨다.
"이 떡은 절대 남기지 말고 다 먹어야 복이 깃든다."
어릴 적 그 말을 들으며

한 조각의 떡을 소중히 음미했던 순간은
지금도 내 기억에 또렷하게 남아 있다.

마령리 전통문화의 의미

마령리의 당(堂), 동제(洞祭), 별신제(別神祭)는
단순한 의례가 아니라
공동체의 정체성과 삶의 지혜를 담은 문화였다.

그 안에는 조상들의 기원(祈願)과
함께 살아가는 마을 사람들 사이의
유대감(紐帶感),
그리고 공동체 정신(共同體 精神)이 깊이 배어 있었다.

지금은 시대가 바뀌었지만,
이러한 전통은 여전히
마령리 사람들의 뿌리이자 자부심(自負心)으로 남아 있다.
그리고 우리 마을의 정체성을 지켜주는
소중한 문화유산(文化遺産)이다.

맛재 구루마 발통, 노래에 담긴 역사와 기억

골목에서 울려 퍼진 노래

어릴 적 고향 골목과 들판을 뛰어다니며
우리는 이런 노래를 자주 불렀다.

"맛재 구루마 발통, 누가 돌렸노?"
"집에 와서 생각하니, 내가 돌렸다."

겉보기엔 단순한 아이들 놀이 노래 같지만,
이 가락 속에는 우리 마을 사람들만 아는
정서와 역사가 조용히 흐르고 있었다.

이 노래는 '마령리가 원조'라는 말이 있을 만큼,
우리 마을 사람들의 자부심이 깃든 구전 민요였다.

시대를 넘은 멜로디의 변형

전해지는 말에 따르면,
이 노래는 일제강점기 일본 군가
「노영(露營)의 노래」에서 비롯되었다고 한다.
"갓테 쿠루조토 이사마시쿠(勝って来るぞと勇ましく)"―
즉, "이기고 돌아오겠다"는 뜻의 군국주의 노래였다.

해방 이후, 이 곡은
안동 사투리와 지역 정서를 입고
'맛재 구루마 발통'이라는 구전 민요로 바뀌었다.
당시 맛재는 수레(手車)와 말이 오가던 중심지였다.
말을 쉬게 하던 마방(馬房)도 있었고,
'맛재'라는 지명 자체가
그 유래에서 비롯되었을 가능성도 크다.

노래에 담긴 삶과 회한의 그림자

그런 배경 속에서
"맛재 구루마 발통"이라는 노래는 자연스레 마을에 퍼졌다.
어른들의 감정과 시대의 기억이
아이들의 노랫소리에 실려 전해졌다.

지금 돌이켜 보면,

그 단순한 노랫말 속에는 장난 이상의 정서가 있었다.
아마도 누군가는 그 말 속에서
돌아오지 못한 사람을 떠올렸고,
누군가는 시대의 부조리를 조용히 되짚었을지도 모른다.

우리는 그 뜻을 다 알지는 못했지만,
무의식 중에 그 정서를 함께 나누고 있었다.
노래는 슬픔을 품고 흘렀고,
그 안에 담긴 회한(悔恨)은 말보다 강한 울림으로 남았다.

가문과 함께 남은 기억의 노래

내게 이 노래는 더욱 각별하다.
증조부 둘째 아들,
박안수(朴安壽) 할아버지는 독립운동가였다.
고향과 가족을 뒤로한 채,
조국의 해방을 위해 모든 것을 바치신 분이었다.

그 시절, 마을에서는 수레(手車)를 이용해
비밀리에 독립운동 물자를 운반했다는 이야기도 전해온다.
노래 속의 '수레바퀴'는
실제 마을의 삶이자 저항의 도구였을 수도 있다.

"수레바퀴를 누가 돌렸노?"라는 물음은

단순한 놀이의 구절을 넘어
어쩌면 '역사의 수레'를 누가 굴렸는지,
나라가 이 지경에 이르기까지
그 책임은 누구에게 있었는지를
조용히 되묻는 함의일지도 모른다.

정확한 근거나 출처는 없다.
단지, 노래 속에 스며든 마을 어른들의 정서와 표정이
그런 해석을 가능하게 할 뿐이다.

그러나 분명한 건,
그 노랫말 속에는 조선 말기부터 일제강점기까지
혼란과 상처의 시대가 응축되어 있었을지도 모른다는 것이다.
그 소리는 암묵적인 반성의 언어였고,
어른들 세대가 감히 입 밖에 내지 못한
회한(悔恨)의 울림이었는지도 모른다.

지금에 와선 진실을 명확히 밝힐 수 없지만,
그 노래는 내 기억 속에서 마을의 역사와 정체성,
그리고 그 시절 사람들의 마음까지도 함께 떠오르게 만든다.

- **갈전리**

  칡덩굴 무성한 땅을 개간해 '갈밭'이라 불림.

  청송 가래재 아래 위치, 1·2리로 구성.

  정월 대보름 지신밟기 전통 이어짐.

- **고천리**

  '고개 아래 물가 마을' 의미에서 '고천'으로 유래 추정.

  가래재 오르기 전 동쪽 깊숙이 위치.

  당고사, 별신굿, 정월굿놀이 등 공동 제례 활발.

- **대곡리**

  '큰 골짜기'라는 뜻의 한자 지명 '大谷'에서 유래.

  임동 동북부, 예안면과 접경한 큰 마을.

  별신제, 산신제, 음복 잔치 등 농한기 행사 활발.

- **마령리**

  말 짐 진 형국, 말발굽 모양 지형서 유래된 이름.

  임동 동북쪽, 마령교 건너 2.5km 지점.

  10년마다 별신굿, 당내림, 호랑이놀이 전승됨.

- **마리**

  삼한시대 '마읍군(馬邑郡)'에서 유래된 고대 지명.

  망천2리 넘어 성진재 고개 뒤편 위치.

  수몰 후 다섯 자연마을로 재정착, 공동 제사 유지.

- **망천리**

  염흥방 전설의 '망지내(亡地川)'서 '망천'으로 개칭.

  임하댐 인근, 망천교 인접 위치.

  지신밟기, 마을 전설 활용 교육 진행 중.

- **박곡리**

  지형이 박처럼 생겨 '호곡(瓠谷)'이라 불리다 변형됨.

  임동 동남쪽, 수곡리 거쳐 진입.

  염씨 입향설화와 예술촌 감당 중심 문화 마을.

- **사월리**

  달 모양 지형과 모래 많은 강변에서 유래된 지명.

  중평리 뒤 금당이재 넘어 위치.

  달맞이, 공동 제사 비공식적으로 이어지는 전통 있음.

- **수곡리**

  아기산 물줄기 감싸는 지형서 '수곡(水谷)' 유래.

  임하댐 수몰 후 신단지 조성된 마을.

  전주류씨 동성마을, 도깨비굿, 돌제사 전통 유지.

- **위리**

  지형이 높은 '윗골', 하천 '위천(渭川)'에서 유래.

  임동 북쪽, 예안면과 접경 지역.

  수몰 후 재건, 정월 대보름 행사 여전히 진행.

- **중평리**

  두 하천 사이 '중간 들판'이라 하여 '중평'.

  임동 중심지, 옛 '챗거리'는 우마차 교역 중심.

  5일장, 채찍소리 전해지는 전통시장 마을.

- **지리**

  지형 고르고 가지런한 곳에서 유래된 '지동'.

  임동 동쪽, 청송 접경 다리 인근.

  달집태우기, 공동 제사 등 소규모 전통 행사 지속.

제2장

고향에서의 유년 시절,

그 따뜻한 기억들

1

온 마을이 하나 되던 날

가을 운동회, 고향의 명절이 되다

지역의 중심이었던 학교, 임동국민학교

시골에서 학교는 단순히 공부만 하는 곳이 아니었다.
우리 임동면에서는 학교가 곧 지역 공동체의 중심이었고,
문화재처럼 소중하게 여겨지는 공간이었다.

1921년에 문을 연 임동국민학교(臨東國民學校)는
100년이 넘는 전통(傳統)을 가진 유서(由緒) 깊은 학교였다.
당시 안동 지역에서 두 번째로 큰 규모였고,
한 학년에 무려 네 반이 있을 만큼 학생 수가 많아 활기(活氣)가 넘쳤다.

임동면 곳곳의 마을에서 아이들이 모여들었고,
자연스레 학교는 교육을 넘어
면민 모두의 중심지(中心地)가 되었다.

1996년, '국민학교'는 '초등학교'로 명칭이 바뀌었다.
이는 일제 잔재를 청산하고 민족의 정기(正氣)를 되살리기 위한 변화였다.
하지만 시간이 흐르며 저출산 고령화(低出産高齡化)가 겹쳐
지금은 안타깝게도 폐교 위기에 놓여 있다.

수몰전 임동국민학교 모습

면민 모두가 기다린 '3대 대목', 가을운동회

어린 시절, 우리 고향 임동에서는
추석(秋夕), 설, 그리고 국민학교(國民學校) 가을운동회(運動會)를
'3대 대목(大目)'이라 불렀다.

그만큼 운동회는 면민 모두가 손꼽아 기다리는 큰 행사였다.
운동회가 열리는 날이면 마을 전체가 들썩였고,
논밭 일도 하루쯤은 멈췄다.

그리고 그 전날은 정식 장날은 아니었지만,
임시로 장이 서는 날이었다.
면민과 아이들이 모두 모이다 보니
장터는 5일장(五日場) 못지않게 북적였고,

상인들에게도 괜찮은 하루였다.

꼭 장사가 더 잘됐다는 건 아니지만,
정규 장날에 버금가는 매출과 손님이 있었기에,
사람들은 운동회 전날을 '대목'이라 불렀다.

아이들 도시락 준비를 위해어머니들은 장터로 향했다.
그 풍경은 명절 준비 못지않았다.
운동회는 단순한 학교 행사를 넘어
온 마을이 하나 되는 잔치였다.

웃음과 추억으로 채운 날, 그리고 그 길

운동회 당일이 되면
학교 운동장은 이른 아침부터 발 디딜 틈 없이 붐볐고,
면민들의 응원(應援) 소리는
운동장 너머 하늘까지 울려 퍼졌다.

달리기, 줄다리기, 계주 같은 경기가 펼쳐지는 동안
아이들은 긴장 속에서도 신나게 뛰었고,
어른들은 목청껏 이름을 불러가며 응원했다.

점심 무렵이 되면,
운동장 가장자리에 임시로 들어선 국밥과 국수 노점에

사람들의 발길은 자연스레 모여들었다.
따끈한 국물 한 숟갈에, 그날의 한 끼는 평소에는 맛볼 수 없는
명절 잔칫상 같은 풍요로움으로 다가왔다.

가을 운동회의 긴 여운

가을 운동회는 어린 우리에게 일 년 열두 달 중 가장 기다려지고,
가장 특별하며 행복했던 날이었다.
그날을 위해 몇 주 전부터 가슴이 설렜고,
운동회가 끝난 뒤에도 며칠 동안 우리들 마음은 들떠 있었다.

누구는 달리기에서 몇 등을 했는지 자랑했고,
계주에서 상품을 소중히 품에 안았다.
물총이나 호루라기 같은 장난감은
운동회가 끝난 뒤 친지들에게 받은 용돈으로 사는 기쁨이었다.
평소엔 꿈도 못 꿨던 사이다 한 모금,
손에 쥐어진 뻥과자 한 봉지,
그날은 작은 것 하나에도 세상을 다 가진 듯 행복했다.

부모님 앞에서 달리고 땀 흘렸던 그 하루는,
어린 마음속에 오래도록 남은 따뜻한 추억이었다.
가을 햇살처럼 부드럽고 반짝였던 그 여운은
지금도 내 기억 속에 변함없이 빛나고 있다.

2

장사리 냇가와 쌍바위 산길

통학길에서 배운 삶의 인내

통학길에서 냇물을 건너며 배운 책임감

국민학교가 있던 수곡리까지는 약 5리(2.5km),
어린 나에겐 매일이 먼 길이었다.
내가 살던 맛재 큰마을은 냇가로 둘러싸인 마을이었다.

비가 많이 내리면 시냇물이 불어나고,
당시에는 다리 하나 없이 오로지 징검돌에 의지해야 했다.
물살이 거세지면 학교로 가는 길이 막히기 일쑤였고,
발을 담그고 냇물을 건너야 했다.

장마철이면 징검돌마저 물에 잠겼다.
물이 넘치면 쌍바위 쪽으로 돌아 우쳇걸 뒷산을 넘거나,
장사리 냇가를 따라 멀리 우회해야 했다.
그래도 가장 빠른 길은 신발과 양말을 벗고,
찬물 속을 맨발로 조심조심 건너는 것이었다.

통학길은 친구들과 함께여서 외롭지 않았다.

길은 험하고 물은 차가웠지만
그 통학길은 친구들과 함께여서 외롭지 않았다.
누군가 앞장서면 뒤에서 따라가고,
넘어지면 손을 내밀어 일으켜주며 서로를 챙기고 격려했다.
비가 오면 흙길은 진흙탕이 되었고,
신발은 젖고 양말은 축축했지만, 그 길 위에서 우리는 웃고 떠들며
서로의 버팀목이 되어 걸었다.

작은 장난 하나에도 깔깔 웃었고,
함께 걷는 시간은 힘든 길을 견디게 했다.
지금 생각해보면, 그 시골 통학길(通學길)은
우정을 나누고 사람을 배운 따뜻한 인생 수업의 무대였다.

어머니의 가르침, 시골길에서 배운 생명 존중

여름이면 통학길 옆 풀숲에서 뱀이 불쑥 튀어나오곤 했다.
우리는 소스라치게 놀라 펄쩍 뛰며 서로 놀란 얼굴을 마주보곤 했다.
친구들 중엔 뱀을 잡아 자랑하는 아이도 있었지만
나는 단 한 번도 해치지 않았다.

불교(佛敎) 신자인 어머니는 늘 말씀하셨다.
"작은 생명(生命)이라도 절대 해치지 마라."

그 말은 내 마음속 깊이 자리 잡았고, 그 뒤로도 나는 통학길에서 마주친 뱀이나 산토끼, 벌레 하나에도 살며시 길을 비켜주었다.

그 시골 풀길 위에서 나는
두려움을 넘는 마음보다 더 큰 것,
모든 생명을 존중하는 태도를 어머니의 말과 함께 배워갔다.

책갈피　　　　　　　　　**전설이 아니라 추억이었다**

소사의 전설, 우리의 순수한 기다림

우리 임동국민학교에는 오래된 전설 하나가 있었다.
운동회나 소풍 날이면 이상하리만큼 비가 잦았고,
그럴 때마다 아이들 사이에선 어김없이 이런 말이 돌았다.
"소사 아저씨가 또 울었나 봐."
이야기의 시작은 학교 터가 공동묘지였다는 설에서 비롯된다.
그 묘지엔 백 년을 산 구렁이 한 마리가 살고 있었고,
곧 용이 되어 승천하려던 순간,
당시 학교를 지키던 소사 아저씨가 그 구렁이를 죽였다는 것이다.
그 후로, 아이들이 가장 기다리는 날이면
하늘은 어김없이 흐려지고,
소풍날 운동장엔 빗방울이 떨어지곤 했다.
어릴 적엔 이 이야기가 진짜인 줄 알았다.
소풍 전날이면 괜히 하늘을 더 오래 올려다보고,
소사 아저씨 초소 앞을 지나칠 땐 살짝 숨도 죽였다.

지금 생각해 보면

그 전설은 저주가 아니라,

기다림이 만들어낸 마음의 그림자였던 것 같다.

다른 학교, 다른 지역에도

비슷한 이야기가 존재한다는 걸 안 건 훨씬 나중의 일이다.

그 시절,

소풍 도시락을 준비하며 들떴던 마음,

비 소식에 귀 기울이던 밤,

하늘을 원망하던 아침—

그 모든 순간들이 만든 작은 전설.

이제는 웃으며 이야기할 수 있다.

소풍을 기다리던 그 마음이,

어느새 우리 안에 오래도록 남아 있었던 것이다.

아기산 자락에서 흐른 시간

산과 절, 자연이 품어준 마음의 고향

사방을 품은 진산, 아기산의 품에 안겨

임동면에는 아기산(峨岐山)이라는 산이 있다.
태백산맥의 일월산(日月山)에서 뻗어 나온 이 산은
임동면의 진산(鎭山)으로,
오랫동안 면민들의 정신적 지주 역할을 해왔다.

임하댐이 생긴 뒤, 아기산은 하늘에서 보면
마치 호수 가운데 떠 있는 섬처럼 보인다.

아기산에서 내려다본 임하호

하지만 실제로는 임하호를 에워싼 육지에 당당히 솟아 있다.

아기산의 옥녀봉(玉女峰)은
국민학교 교가에도 등장할 정도로
우리에게는 친숙하고도 상징적인 존재였다.

정상에 서서 사방을 바라보면
그 풍경은 마치 한 폭의 그림 같았다.
동쪽으로는 일월산(日月山)이 우뚝 솟아 있고,
서북쪽에는 학가산(鶴駕山),
남서쪽에는 약산(藥山),
멀리에는 소백산(小白山)의 능선이 어렴풋이 펼쳐진다.

아기산(해발 591m)의 정상에 세워진 표지석

기도와 추억이 머문 절, 봉황사

아기산 자락 아래에는 봉황사(鳳凰寺)가 있다.
이 절은 신라 선덕여왕 13년(644년)에
의상대사(義湘大師)가 창건한 유서 깊은 사찰이다.

어릴 적 우리는 이 절을 '황산사(黃山寺)'라고 불렀다.
봉황사는 단순한 사찰 그 이상이었다.   .
고향 사람들의 기도가 깃든,
신성하고 따뜻한 공간(空間)이었다.

어머니께서는
마음이 어려울 때마다 봉황사에 가셔서 기도하셨고,
나도 그 손을 잡고 함께 절을 찾곤 했다.

지금도 나는 매년 봉황사를 찾아
마음을 다잡고, 삶의 중심을 되새기곤 한다.
봉황사는 내게 삶의 버팀목 같은 곳이다.

봉황사 대웅전

소풍과 나눔, 그리고 마음에 남은 이야기

봉황사는 초·중학교 시절, 단골 소풍지(逍風地)였다.
봄이면 벚꽃이, 가을엔 은행잎이 길을 수놓았다.
소풍날 아침, 교실은 설렘으로 가득 찼다.
친구들은 색색의 도시락을 자랑했고,
나는 도시락 없이 빈손으로 간 날도 있었다.

어머니는 그럴 때면 말없이 쌀을 씻으셨다.
"오늘은 소풍이니 이밥(쌀밥) 싸줄게."
하얀 쌀밥은 그 자체로 귀한 선물(膳物)이었다.
반찬 없이 맨밥만 담긴 도시락이었지만
나는 그 밥이 마냥 자랑스러웠다.

하지만 그마저도 없는 날이 있었다.
괜히 물을 많이 마시고 배부른 척을 했다.
그런데 이상하게도 친구들은 먼저 뚜껑을 열었다.
"같이 먹자."는 말 한마디가 밥보다 따뜻했다.

누군가는 김밥을 나눠주고,
누군가는 달걀 한 조각을 얹어주었다.
그날의 밥상은 나눔으로 완성되었다.
우리는 가난했지만 참 넉넉하게 살았다.

이제 와 돌아보면 기억(記憶)에 남는 건

음식이 아니라 사람들의 마음(心)이다.
소풍날 도시락보다 따뜻했던 그 손길들—
그게 지금까지 내 마음에 남은 가장 큰 추억(追憶)이다.

전설과 문화유산이 살아 숨 쉬는 곳

선생님은 봉황사 단청에 얽힌 전설 이야기를 들려주셨다.
전설에 따르면,
봉황(鳳凰)이 직접 단청을 칠하다가
사람 눈에 띄는 바람에
일을 마치지 못하고 하늘로 날아갔다고 한다.

그 이야기를 들으며
우리는 봉황사가 단순한 절이 아니라
정말 특별한 장소라는 생각을 품곤 했다.

봉황사 대웅전(大雄殿)은 1980년에
경상북도 유형문화재 제141호로 지정되었고,
2020년에는 보물 제2068호로 승격되었다.

이런 문화재(文化財)가 우리 마을,
아기산 자락에 있다는 사실이
어릴 적 나에게는 자랑이었고,
지금도 내 고향을 특별하게 만드는 이유 중 하나다.

4

장터에 깃든 삶의 숨결

오일장에서 피어난 유년의 설렘과 정

고향의 중심, 삶이 모이던 곳

임동을 떠올리면
가장 먼저 마음에 그려지는 풍경은 '챗거리 장'이다.
이 장은 임동의 중심에 자리해 있었다.
면사무소, 우체국, 약국 등 주요 시설들이 이곳에 모여 있었고,
임동면민들에게는 중요한 생활의 중심지(中心地)였다.

예로부터 챗거리 장은
사람들이 모여 안부를 나누고,
필요한 물건을 사고파는 생활의 장이자,
마을의 활기를 불어넣는 정서의 공간(空間)이었다.

챗거리 장이 있던 중평리는
과거에는 '편항리(鞭巷里)'라 불렸다.
'중평(中坪)'이라는 이름은
두 하천이 합쳐지는 지형에서 유래했고,
'편항'은 말을 채찍질하는 소리에서 비롯된 이름이라 한다.

말이나 구루마(手車)가 오가던 장터 풍경을 떠올리게 한다.

수몰된 마을, 남겨진 기억의 장터

임하댐 건설로 옛 마을 터가 물속에 잠긴 후에도,
챗거리 장터는 여전히 사람들 기억 속에 살아 있다.

그곳은 한때 임동의 중심지였고,
생명처럼 소중한 장날의 풍경을 간직한 곳이었다.
특히 이 장터는 '안동 간고등어'와 '안동 문어'가
상품화되기 시작한 발원지로도 잘 알려져 있다.

내륙인 안동에서 바닷생선이 특산물이 될 수 있었던 데엔
챗거리 장의 힘이 컸다.
영덕 강구항(江口港)에서 들여온 고등어를
염장해 저장하는 방식이 이곳을 거점으로 퍼졌고,
문어 또한 잔칫상과 제사상에 오르는 귀한 음식이 되었다.

다음 사진은 '안동간고등어축제'의 한 장면으로,
만장꾼, 지게꾼, 봇짐꾼들이
간고등어를 실은 달구지를 이끌며
'육로 운송'의 옛 장면을 재현하는 모습이다.

간고등어 육로이송 재현 모습

내륙 지방인 안동에서 바닷생선이
대표 특산물이 될 수 있었던 데는
챗거리 장의 역할이 컸다.

영덕 강구항(江口港)에서 들여온 고등어를
염장해 저장하는 방식은
챗거리 장을 통해 널리 퍼졌고,
문어 역시 잔칫상에 빠지지 않는 귀한 음식으로 자리 잡았다.

영천의 돔베기, 전라도의 홍어처럼
안동의 문어도 지역을 대표하는 자랑이었다.

명절이나 제사, 기제사 자리에는
안동 문어와 간고등어가 빠지지 않는다.

이 음식들은 단순한 반찬이 아니라
마음을 나누는 선물로 기능하며,
지금도 친지들과 나누는 전통 속에서
그 가치를 조용히 이어가고 있다.

특히 안동에서는
제사상에 간고등어를 올리는 독특한 풍습이 있어,
이 지역만의 고유한 음식문화(飮食文化)를 엿볼 수 있다.

장날 풍경, 유년의 설렘

챗거리 장은 5일장으로,
매달 5일, 10일, 15일, 20일, 25일, 30일마다 열렸다.

장날이면
학교를 마치고 돌아가는 길에 장터에 들러
부모님을 찾아가 국밥 한 그릇이나
따뜻한 국수를 얻어먹던 기억(記憶)이 지금도 선하다.

장날의 풍경은
마치 한 편의 살아 있는 그림 같았다.

어물전, 고무신 가게, 장난감 가게까지
다양한 상점들이 줄지어 있었고,
사람들로 북적이는 장터는
생기와 활기로 가득했다.

수몰전 챗거리 장터의 모습

고무신과 약봉지, 기억을 채운 상점들

챗거리 장에는 남일약방과 동화약방도 있었다.
고향 사람들은 몸이 아프면
늘 이 두 약방을 찾곤 했다.

어릴 적 내게도
장날이 되면 가장 먼저 눈에 들어오던 것이
바로 이 두 약방 간판이었다.

감기에 걸려 어머니 손을 잡고
약을 지으러 갔던 기억도 있고,
약봉지를 들여다보며
무슨 약일까 궁금해하던 순간도 떠오른다.

약방 옆에는 고무신 가게도 있었다.
진열대에 색색의 고무신이 나란히 놓여 있었고,
새 신을 사 신는 일은
어린 나에게 큰 설렘을 주었다.

이런 가게들 하나하나가
내 유년 시절 장터의 기억을 풍성하게 해주었다.

사람과 정이 오가던 삶의 장면

챗거리 장은 단순한 시장이 아니었다.
물건을 사고파는 장소를 넘어,
사람과 사람이 정을 나누는 삶의 공간이었다.

장날이면 고향 사람들은 서로 안부를 묻고
가족과 이웃의 소식을 나누며
정을 쌓아갔다.

장터에서의 하루는

고단한 일상 속에서 잠시 쉬어가는
작은 축제(祝祭)와도 같았다.

그래서 챗거리 장에 대한 기억은
단순한 경제(經濟) 활동의 흔적이 아니라,
우리 고향 사람들의 삶과 문화(文化)가
오롯이 담긴 살아 있는 장면으로 남아 있다.

간고등어와 간잽이, 축제 속에 살아난 장터의 추억

1997년 안동국제탈춤축제가 시작된 이후,
챗거리 간고등어는 다시 주목을 받았다.

축제에서 간고등어는
대표 먹거리로 재조명(再照明)되었고
이동삼(李東三)이라는 인물이
보부상 '간잽이' 캐릭터로 등장해
간고등어의 매력을 널리 알렸다.

그는 짭조름한 간고등어의 맛을 생생하게 표현하며
사람들의 입맛과 관심을 사로잡았다.

하지만 지금은
임하댐 수몰(水沒)로 인해 장터의 원래 터가 사라지고,

챗거리 장은 예전의 활기를 잃은 채
초라한 모습으로 남아 있다.

한때 안동 지역에서도 손꼽히는 유명한 장으로
사람들 사이에 회자(膾炙)되던 챗거리 장이기에,
그 변화가 더욱 아쉽게 느껴진다.

물론 전국 어디나 그렇듯,
세월 앞에 장터도 변했지만,
이 작은 5일장에도 안동의 역사와 생활문화가
깊이 배어 있었다는 점에서
그 의미는 결코 작지 않다.

만취제(晚翠齊)

고향의 쉼터, 가문의 숨결

산과 물이 감싸 안은 정자

우리 마을에는 밀양박씨(密陽朴氏) 가문의 정자,
만취제(晚翠齊)가 언제나 그 자리에 고요히 서 있었다.
아담한 기와지붕 아래, 정자는
늘 말없이 계절의 풍경을 받아들이고 있었다.

뒤로는 나지막한 솔숲이 병풍(屛風)처럼 둘러 있었고,
앞으로는 맑은 시냇물(河川)이 유유히 흘렀다.
계절마다 색을 달리한 이 풍경은
늘 새롭게 정자의 얼굴을 바꾸어 놓았다.

햇살 좋은 날이면 지붕 위로 나뭇잎 그림자가 어른거렸고,
바람에 흔들리는 갈대(蘆葦) 소리와 물소리는
조용히 정자 마루를 감싸 안았다.
그 풍경은 눈으로 보는 것을 넘어,
마음속까지 스며드는 정적이었다.

만취제는 단순히 경관이 좋은 건물만이 아니었다.
이곳은 조상의 제례(祭禮)를 올리던 가문의 제단(祭壇)이었고,
마을 어르신들이 둘러앉아 이야기를 나누던
정다운 쉼터(休所)이기도 했다.

아이들의 놀이터, 모두의 기억터

어릴 적, 우리 또래 아이들은
만취제(晚翠齋) 마루에 올라앉아
아래로 흐르는 냇물을 바라보며 한참을 놀았다.
무더운 여름이면 이곳은
햇볕을 피해 숨을 고를 수 있는
시원한 대피처(待避處)가 되어주었다.

그곳에서는 숨바꼭질을 하기도 하고,
옹기종기 모여 이야기꽃을 피우기도 했다.

만취재

아이들의 웃음소리와 어른들의 발걸음이
마루 아래 골목을 채우면,
그 풍경 자체가 따뜻한 마을의 일상이 되곤 했다.

정자는 엄숙(嚴肅)하면서도 따스한 공간이었다.
가까이 다가가면 자연스레 마음이 가라앉고,
잠시만 앉아 있어도
조상과 마을이 곁을 지켜주는 듯한 평안(平安)이
서서히 마음속으로 스며들었다.

수몰 이전과 지금, 변함없는 의미

수몰(水沒) 이전의 만취제는
작지 않았고, 결코 소박하지도 않았다.
기둥 하나, 기와 한 장마다
세월의 풍상과 조상의 기품(氣品)이 고스란히 배어 있었고,
그 모습은 우리 가문의 위엄을 상징하는 당당한 공간이었다.

하지만 댐 건설로 마령리 일대가 물에 잠기며,
만취제 또한 원래 자리를 떠나
지금의 위치로 옮겨야 했다.

현재의 만취제는 새롭게 단장되어 단정한 모습을 갖췄지만,
그 안에 깃든 정신과 의미는 예전과 다르지 않다.

'만취(晩翠)', 저녁녘 산에 어리는 푸르름처럼
이 정자는 여전히 조용히, 변함없이
가문의 자리를 지켜보고 있다.

수몰되기 전, 원래 자리에 있었던 만취제 정자의 모습

그 앞을 스쳐 가는 바람결엔
어린 시절의 소리와 웃음이 실려 오는 듯하고,
그 그림자는 여전히 우리 마음속 깊은 곳에 남아 있다.
무엇보다도, 이 정자는
제궁(祭宮)을 따로 두고도 별도로 세운 정자라는 점에서
우리 밀양박씨(密陽朴氏) 가문은 더 큰 자부심(自負心)을 품어왔다.

탈은 감추면서도 동시에 드러내는 존재다.

화회탈춤은 해학(諧謔)과 풍자(諷刺),

그리고 공동체의 지혜가 담긴 전통 예술로,

조선시대 민중의 삶 속에서 자라난 양반 풍자극의 대표작이다.

화려하진 않지만 묵직하고, 익살스럽지만 깊은 통찰이 있다.

양반, 중, 백정, 각시 등 다양한 인물이 등장해

춤과 대사로 억눌린 민중의 감정을 웃음으로 풀어냈다.

그 진가는 바로 그 '웃음'에 있으며,

겉으론 우스꽝스러워도 그 안엔 저항과 연민, 연대가 담겨 있다.

오늘날 화회탈춤은 단순한 민속공연이 아닌,

공감과 치유, 시대를 향한 질문의 무대다.

▸ 우리는 무엇을 감추고, 무엇을 드러내고 있는가?

현대인도 다양한 '탈'을 쓰고 살아간다.

화회탈춤은 오늘의 우리에게 묻는다.

"웃으면서도, 진심은 숨기지 마십시오."

소통이 막히고 풍자(諷刺)가 사라진 이 시대에,

탈춤은 여전히 살아 있는 이야기다.

해학(諧謔)으로 말하고, 춤으로 저항하는 것.

그것이 전통이 남긴 가장 지혜로운 예술이다.

웃음으로 말하고, 춤으로 저항하는 것.

그것이 전통이 남긴 가장 지혜로운 예술이다.

격동의 시대

가족과 함께한 생존의 여정

제3장

가족의 역사와 격동의 세월

뿌리 깊은 가문, 시대의 풍랑 속에서 피어난 의지

밀양박씨 판도공파, 집안의 뿌리

뿌리의 기원, 조상들의 발자취

내가 태어난 마령리는
밀양박씨(密陽朴氏) 판도공파(版圖公派)의 대표적인 집성촌이었다.
우리 가문은 신라의 시조 박혁거세(朴赫居世)로부터 유래하며,
고려시대 판도판각(版圖判閣)을 지낸 박천익(朴天翊)을
중시조(中始祖)로 삼고 있다.

박천익 제단

박천익은 밀성대군(密城大君) 언침(朴彦忱)의 7대손이며,
란(朴瀾)의 6대조로 기록되어 있다.
그의 후손들은 고려 말과 조선 초에 이르러
군위, 안동, 경주 등지에 정착하며
판도공파(版圖公派)의 뿌리를 넓게 퍼뜨려 나갔다.

박천익의 후손 가운데 수진(朴守進)은
조선시대 통훈대부(通訓大夫) 문학교수(門學敎授)의 벼슬을 지냈고,
당대의 학자들과 교류하며 가문의 명성을 더욱 빛냈다.
이후 그 자손들은
안동지역 임동면 마령(馬嶺)을 중심으로
임하면 고일(古日), 월곡면 단진(丹津) 등지에 세거(世居)하며,
밀양박씨의 중심 집성촌을 형성하게 되었다.

박수진의 묘소

마령리 터전 아래, 집안이 자리를 잡다

수진(朴守進)의 셋째 아들 언량(朴彦良)은
마령리에 뿌리를 내리고 가문을 일으킨 인물이다.
조선 명종 11년, 병신년(丙申年, 1556년)에 태어난 그는
마령리에 정착하여 집안의 기반을 다졌고,
이곳은 이후 대대로 밀양박씨(密陽朴氏)의 삶터가 되었다.

언량의 후손 가운데 4대손 수세(朴秀世)의 아들 준현(朴俊現)은
큰마(큰골)에서 살았으며,
그의 형제들인 기현(朴基現), 하현(朴夏現), 규현(朴圭現)은
운무골(雲谷)을 중심으로 워리제파를 형성하였다.

박언량의 묘소

이처럼 거주 형태의 분화에 따라
마령리 안에서는 자연스럽게 큰골파와 워리제파로 나뉘었고,
두 분파는 각각의 터전을 지키며 살아가면서도

서로 돕고 교류하는 공동체의 품성을 이어왔다.

한 마을, 두 갈래의 뿌리였지만
기억과 피는 하나로 이어져 있었고,
그 오랜 정(情)은 마령리의 골목골목을 채우며
지금까지도 가문의 유산처럼 전해지고 있다.

박강도의 삶과 후손들

내가 속한 가계는
언량(朴彦良)의 손자(6代孫) 박강도(朴康道)에서 비롯된다.
강도는 조선 영조(英祖) 시대의 인물이며,
그의 부친은 준현(朴俊現)이다.

강도는 세 아들, 영근(朴永根), 탁근(朴卓根), 신근(朴辛根)을 두었고,
그중 탁근(朴卓根)이 나의 5대 고조부이시다.
탁근은 외아들 희중(朴熙中)을 두었으며,
희중은 장남 원수(朴遠壽), 차남 안수(朴安壽),
삼남 경수(朴敬壽) 세 아들을 두었다.

장남 원수는 가문의 기둥 역할을 하셨으나
안타깝게도 후손이 끊기게 되었고,
차남 안수는 독립운동에 헌신한 인물로 전해지지만
그 후손 또한 대가 이어지지 못했다.

셋째 경수는 나의 할아버지로,
성실히 농사에 힘쓰며 평온하고 단정한 삶을 살아가셨다.

박강도 할아버지 묘비를 마주하며

박강도(朴康道) 할아버지의 묘소 앞에는
지금도 묵직한 비석 하나가 고요히 서 있다.
세월 속 풍화로 인해 비문은 많이 닳았지만,
그 속에 담긴 정성과 존경의 마음은 아직도 선연하다.

비석 가운데에는
'가선대군(嘉善大君)'이라는 존호가 희미하게 남아 있었고,
왼편 세로줄에는
'배 김해김씨지묘(配 金海金氏之墓)'라 새겨져 있어
두 분이 나란히 잠들어 계심을 말해준다.
사실 할아버지께서 생전에 어떤 관직을 지내셨는지는
기록상으로 확실치 않다.
하지만 비석에 새겨진 '가선대군(嘉善大君)'이라는 칭호는
후손들이 선조의 공덕(功德)을 기리고
마음 깊이 예를 갖춰 올린 추증(追贈)의 표현이었다.

그 비석은 할아버지의 세 아들 영근, 탁근, 신근 삼형제가
정성을 다해 함께 세운 것으로 전해진다.
돌에 새긴 것은 단순한 글자였지만,

그 안에 담긴 것은 부친을 향한 깊은 효심(孝心)과 그리움이었다.

비석에 새겨진 글귀는
오늘날까지 후손들의 기억 속에 또렷이 남아 있다.
"증 가선대군 밀양박공 강도지묘(贈 嘉善大君 密陽朴公 康道之墓)"
"배 김해김씨지묘(配 金海金氏之墓)"

이 문구는 단순한 비문(碑文)이 아니라
선조에 대한 예우와 자손들의 자긍심(自矜心),
그리고 가문을 잇는 도리와 정성이 오롯이 담긴 기록이다.

나는 그 앞에 설 때마다, 그 옛날 돌을 다듬고 글자를 새기던
삼형제의 손길과 마음을 떠올리며 자연스레 고개를 숙이게 된다.

박강도의 종손으로 이어진 나의 자리

지금 나는
박강도(朴康道) 할아버지의 종손(宗孫) 자리에 서 있다.
원래 나는 진목(朴鎭穆) 아버지의 셋째 아들이지만,
가계(家系)의 사정에 따라
당숙(堂叔)이신 진종(朴鎭種) 어른의 양자(養子)로 입적(入籍)되었다.

진종 어른은 강도 할아버지의 손자(4代孫)로,
그 아래로 대를 이은 3대 독자였다.
하지만 자식이 없어 종맥(宗脈)이 끊길 위기에 놓여 있었다.

그 맥을 잇는 일은 단순한 입양이 아니라,
가문의 도리요, 후손으로서의 책임이라 생각했다.
나는 그 뜻을 기꺼이 따랐고,
자연스레 강도 할아버지의 종손으로서의 자리를 물려받게 되었다.

이것은 한 사람의 선택이 아니라
가문을 잇고 기억을 지키는 마음의 계승이었다.
당숙에 대한 더 자세한 이야기는 다음 절에서 이어가고자 한다.

2

일제의 그늘 아래, 우리 가족의 애환

낯선 땅에서 살아낸 생존의 서사

풍요의 기억 끝에 찾아온 어둠

풍요의 기억 끝에 찾아온 어둠
희중(朴熙中) 할아버지가 살아계시던 시기는
조선 후기, 순조(純祖)에서 고종(高宗) 사이의 시기로,
나라 안팎의 정세가 요동치며 서서히 격변의 소용돌이 속으로
끌려 들어가던 시절이었다.

그럼에도 불구하고
아버지의 기억 속에 비친 우리 집안의 모습은
한때 넉넉한 재산과 인정 넘치는 가족애로 가득한
부유하고 평화로운 모습이었다고 한다.

증조부와 그의 형제들은
마령리 일대에서 손꼽히는 가세(家勢)를 이룬 인물들이었고,
특히 증조부는 인자하고 따뜻한 성품으로
마을 사람들의 깊은 신뢰와 존경을 받으셨다고 전해진다.

그의 집안은 언제나 사람들로 북적였고,
마당 한켠에서는 아이들이 재잘거리는 웃음소리가 끊이질 않았으며,
부엌에서는 늘 따뜻한 밥냄새와 함께
이웃에게 음식을 나누던 어머니의 손길이 전해졌다고 한다.

희중의 세 아들,
즉 원수(朴遠壽), 안수(朴安壽), 경수(朴敬壽)는
형제 간의 우애(友愛)가 깊었고,
서로를 진심으로 아끼며 살아갔다고 한다.

그들은 각자 다른 삶의 자리에 있었지만,
어려운 일이 생기면 함께 나서고
좋은 일이 있으면 함께 기뻐하는
진정한 가족 공동체의 모습을 보여주었다고 한다.

그 시절의 풍경은
아버지의 말씀 속에 따뜻한 온기로 남아 있었으며,
그 이야기를 들을 때마다
당시 가족들이 얼마나 끈끈한 정(情)과 신뢰(信賴) 속에서 살아갔는지를
조금이나마 짐작할 수 있었다.

일제의 침탈과 무너지는 생계

하지만 그렇게 평화롭고 안정된 날들은
그리 오래가지 않았다고 한다.
일제(日帝)의 침탈(侵奪)이 현실로 다가오면서
나라의 질서가 급격히 흔들렸고,
우리 집안 역시 그 격랑(激浪)을 피하지 못한 채
경제적 기반이 하나둘 무너져 내리기 시작했다고 전해진다.

어느 순간부터,
형제(兄弟)들은 각자의 생계를 찾아 뿔뿔이 흩어졌고
언제나 웃음으로 가득하던 마당도
점차 고요한 쓸쓸함으로 채워져 갔다.
가세(家勢)를 지키기 위해 가족 모두가 온 힘을 다했지만,
흘러가는 시대의 거센 물살은
누구도 거스를 수 없는 흐름이었다.

아버지의 침묵, 그 속에 담긴 책임

아버지는 그 시절을 떠올리며 조용히 말씀하셨다.
"그땐 그냥… 버티는 것밖에 방법이 없었어.
하루하루 무너지는 걸 지켜보면서도
어떻게 손을 쓸 수가 없었거든…"

그 말씀을 마친 뒤,
오랜 침묵 속에 고개를 떨구신 아버지의 모습은
말보다 더 많은 이야기를 전하고 있었다.

그 눈빛과 어깨에는 세월의 무게와 함께 조용한 체념(諦念),
그리고 말로 다 전할 수 없는 책임감(責任感)이
깊게 배어 있었다.

고향을 등진 그날, 만주로의 길

더는 머무를 수 없던 고향

삶의 무게는 날이 갈수록 깊어졌고,
이곳에서 더는 버텨낼 수 없다는 판단 끝에
부모님은 결국 낯선 땅으로 향할 결심을 하셨다.

아버지는 먼저 일본으로 건너가
잠시 체류하신 뒤,
가족을 이끌고 만주(滿洲)로 이주하셨다고 한다.

그 시기는 아직 우리 형제(兄弟)들이 태어나기 전,
일제강점기(日帝强占期) 후반의 일이었으며,
세상은 언제 해방(解放)이 올지조차 모르는
불안과 혼돈(混沌)의 시기였다.

낯선 땅에서 다시 시작된 하루

어머니는 갓난아이를 품에 안은 채
삼촌과 고모들과 함께 고향(故鄕)을 등지고
머나먼 여정에 나서셨다.

낯선 나라, 낯선 언어, 낯선 기후와 생소한 문화 속에서
가족은 생존을 위한 투쟁을 시작해야 했다.
어머니는 아이를 등에 업고
시장의 이곳저곳을 돌며 살 길을 찾아 다니셨고,
아버지는 땀을 흘리며 타국(他國)의 일터를 묵묵히 누비셨다.

절박함 속에도 지켜낸 사랑

그 시절은 희망보다 절박함이 앞섰고,
잠깐의 여유(餘裕)조차 허락되지 않았던 나날이었다고 한다.
그러나 그런 상황 속에서도
부모님께서는 끝까지 서로의 손을 놓지 않으셨다고 들었다.

가족이라는 믿음을 끝까지 놓지 않고
서로에게 의지(依支)하며 견디신 시간들이 있었기에,
당시의 어려움 속에서도 두 분은 생존(生存)을 넘어
생활의 기반을 다시 세워나가셨다고 한다.

그 고된 시간 속에서 피어난 사랑(愛)과 연대(連帶)의 감정은
훗날 가족 전체의 정신적 뿌리가 되었으며,
그 경험은 지금도

집안의 깊은 내면에 의미 있는 흔적으로 남아 있다.

만주에서 맞이한 비극

혹한 속에 닥친 잇따른 이별

그러나 시련은 거기서 끝나지 않았다.

만주(滿洲)의 겨울은 유난히 혹독했고,

그 혹한 속에서 우리 가족에게

말로 다 할 수 없는 비극(悲劇)이 찾아왔다고 한다.

차디찬 눈보라가 몰아치던 어느 날,

큰누나가 먼저 세상을 떠났고,

뒤이어 삼촌과 고모마저 차례로 유명을 달리하는

참담한 일이 가족을 덮쳤다고 전해진다.

눈보라와 절망이 뒤섞인 그 시간,

하루아침에 소중한 생명들이 하나둘씩 꺼져가는 현실 앞에서

부모님은 망연자실하실 수밖에 없었다고 한다.

무엇을 탓할 수도, 누구를 붙잡을 수도 없었던

그 절망의 순간은 오랫동안 가족 모두의 가슴속에

지울 수 없는 깊은 상처로 남게 되었다.

딸을 잃은 날, 얼어붙은 시간

특히, 첫딸을 잃은 어머니의 상심(傷心)은
말로 표현할 수 없을 만큼 컸다.
아버지께서는 그 장면을 회상하실 때마다
언제나 한참 동안 말을 잇지 못하셨다.

침묵 끝에 아주 낮은 목소리로 내뱉으신 한마디.
"너무 추웠다. 너무 아팠다."
그 짧은 문장 속에 당시의 고통과 무력감이 모두 스며 있었다.
딸을 잃은 날, 어머니는 그 자리에 그대로 주저앉아
말없이 하늘을 바라보며 끝없이 흐느끼셨다고 했다.

한 손엔 아이의 작은 옷자락이,
다른 손엔 아직 채 식지 않았던 체온의 기억이 남아 있었지만,
그 무엇도 어머니의 텅 빈 마음을 위로할 수는 없었다.

아버지는 그런 어머니 곁에
조용히 앉아 손을 꼭 잡고 함께 하늘을 바라보셨다.
그 눈빛 속에는 말로는 다 할 수 없는 상실감과 함께,
"그래도 살아야 한다"는 절박하고 단단한 결의가 있었다.

부모님은 그렇게 서로의 손을 놓지 않으셨다.
죽음이 가까이 머무는 현실 속에서도
남은 가족을 지켜야 한다는 사명감이
그들의 어깨를 떠받치고 있었던 것이다.

시간이 흘러도 지워지지 않는 상처

그 시절 만주에서 겪은 비극은

지금도 지울 수 없는 상처로 남아 있다.

그 고통은 단순한 과거의 일이 아니라,

우리 집안의 아픈 역사(歷史)이자

참혹한 시기를 꿋꿋이 견뎌낸 삶의 증거(證據)로 남아 있다.

아버지와 어머니의 이야기를 들을 때마다

그 고통은 감히 헤아릴 수 없었다.

비록 내가 직접 겪은 일은 아니지만,

그 슬픔과 고통은 내게도

한 집안의 후손으로서 전해진 깊은 기억의 일부이다.

그 시절을 떠올릴 때면, 그 모든 고통을 묵묵히 견디며

가족을 지켜낸 부모님의 삶이

얼마나 위대한지를 다시금 느끼게 된다.

그 아픔을 이겨내고 삶을 이어오신 덕분에

오늘의 우리가 존재할 수 있었음을,

나는 늘 마음속에 새기고 있다.

좌절 끝에 다시 고향으로 가야겠다는 결심

희망을 붙들고 버틴 시간

고단한 삶은 계속되었지만,

부모님께서는 끝까지 포기하지 않으셨다고 한다.

차가운 만주(滿洲)의 바람 속에서도

아버지는 날마다 거친 땅을 딛고 일터로 향하셨고,

어머니는 빈 주머니 속에서도

항상 가족을 먼저 생각하며 웃음을 잃지 않으셨다고 들었다.

당시 아버지께서 자주 하시던 말씀이 있었다고 한다.

"희망(希望)은, 잃지 않는 자(者)의 것이야."

그 한마디는 단순한 다짐이 아니라,

가족 모두가 하루하루를 견뎌내는 데 큰 힘이 되었다고 한다.

하지만 그 마음속에는

언제나 지워지지 않는 생각이 자리하고 있었다고 전해진다.

'이곳은 우리가 영원히 머물 곳이 아니다.'

차례로 가족을 떠나보낸 뒤, 부모님만 남게 되었고

이방(異邦)의 삶은 더 이상 지속될 수 없다고 느끼셨다고 한다.

다시 고향(故鄕)으로 향한 결단

그 무렵, 아버지께서는 조용한 침묵 속에서 결심(決心)을 하셨다고 한다.

"이제는 돌아가야겠다. 다시 고향으로 가야 한다."

이 다짐은 단순한 귀향(歸鄕)의 뜻이 아니었다.

가족을 잃고 삶의 희망마저 흐려진 타국(他國)에서,
조상의 뿌리가 있는 고향으로 돌아가겠다는 결단은
오랜 시간 속에서 쌓여온 아픔과
되뇐 상실(喪失)의 기억 위에서 내려진 것이었다.
아버지의 그 결심은 삶과 죽음의 경계(境界)를 넘어
자신의 뿌리와 정체성(正體性)을 향해 나아가겠다는
의미 깊은 선택이었다.

이후 부모님께서는 더 이상 머뭇거리지 않으시고
조용히 짐을 정리해 고향을 향해 발걸음을 옮기셨다.
그 걸음에는 말로 표현할 수 없는 무게와 함께,
새로운 시작에 대한 조심스러운 각오가 담겨 있었다고 한다.

돌아가는 길, 되찾는 마음
고향으로 향한 그 걸음은
단지 장소를 옮기는 이동이 아니었다고 한다.
부모님께 그 길은 잃어버린 시간을 되짚고,
흩어진 마음을 다시 모으는 여정이었다고 전해진다.
그 길 위에서 어머니는

묵묵히 짐을 정리하며 뒤를 따르셨고,
아버지는 말없이 앞서 걸으며
자신에게 조용히 중얼거리셨다고 한다.

"이 길 끝에는… 우리가 다시 시작할 자리가 있겠지."

풍진 세월을 거쳐 돌아가는 고향(故鄕)은
비록 예전과는 달라졌을지라도, 그들에게는 다시 삶을 붙들 희망이자
흩어진 가족이 다시 모일 마음의 자리였다고 한다.

그 여정은 단지 육신이 돌아오는 귀향이 아니라,
혼(魂)과 뿌리, 그리고 집안의 정신을 되찾으려는
깊은 회복의 길이었다고 나는 들었다.

고향으로 돌아온 후의 이야기: 재건의 시작

제궁에서 다시 일어난 가족

고향으로 돌아왔지만, 모든 것이 낯설었다

내가 태어나기 전, 1944년 어느날
부모님은 만주(滿洲)에서의 긴 생활을 마무리하고
고향 마령(馬嶺)으로 돌아오셨다고 한다.

오랜만에 밟은 고향(故鄕) 땅은
눈 감으면 떠오르던 풍경 그대로였지만,
현실은 결코 따뜻하지 않았다.

가족이 떠나 있던 동안 집은 다른 사람에게 넘어갔고,
어릴 적 추억이 깃든 들판과 마당은
이방인(異邦人)처럼 낯설게 느껴졌다고 한다.

정든 고향이었지만,
막상 돌아왔을 때는 가족이 머물 곳조차 없었다.
그런 상황 속에서 문중(門中) 어르신들이
조상(祖上) 제사를 모시던 제궁(祭宮)을

임시 거처로 내어주셨다고 한다.

제궁은 단지 제사(祭祀)만을 위한 공간이 아니라
이를 관리하는 사람이 실제로 머물 수 있도록
집 형태로 설계된 구조이다.

당시 일반 농가보다도 단단하게 지어진 그곳은
우리 가족이 다시 삶을 일으킬 수 있는
귀중한 터전이 되었다고 전해진다.

제궁의 문을 열며, 가족의 시간이 다시 흐르다

제궁에 처음 들어섰을 때,
그 공간(空間)은 차가운 공기와 깊은 정적(靜寂)이 감돌았다고 한다.
조상(祖上)의 기운이 깃든 듯한 분위기 속에서
부모님은 다시 삶(人生)을 시작할 준비를 하셨다.

어머니는 작은 아궁이에 불을 지피고
온 가족의 끼니를 마련하셨고,
아버지는 마당의 돌담을 손질하며
조용히 제자리를 찾아나가셨다.

그 공간은 하루하루 가족의 손길로 정돈되었고,
서서히 온기를 품은 생활의 터전이 되어갔다고 한다.

제궁은 단순한 임시 거처가 아닌,
고향(故鄕)에서 다시 시작할 수 있었던 첫 번째 '집'이었다.

제궁에서 시작된 우리의 삶

제궁은 곧 우리 가족의 중심이 되었다.
그곳에서 부모님은 3남 2녀를 낳아 키우셨고,
나 역시 그 제궁에서 자라났다.

처음에는 제사(祭祀) 공간이라는 이유로
어디까지 조심해야 할지 알 수 없었다.
하지만 시간이 지나며
우리는 그곳에서 웃고, 일하고, 함께 살았다.

돌이켜보면 제궁은 마당도 넓고 구조도 좋았다.
다른 가난한 집들과 비교해보면
오히려 단정하고 안락한 공간이었다.
무엇보다, 온 가족이 함께 숨 쉬고 살아가는 그 시간이
우리에게 가장 값진 것이었다.

형님은 그곳에서 결혼식(結婚式)을 올리고,
나는 좁은 방에서 부모님의 손길과 따스한 온기(溫氣)를 느끼며 자랐다.
저녁이면 등잔불 아래 모두가 둘러앉아
고단했던 하루를 함께 마무리했다.

"여기서도 우리는 다시 시작할 수 있다."

그 말은 말없이 흐르던 공기 속에서도

늘 마음에 새겨졌다.

제궁은 단순한 거처가 아니었다.

그곳은 삶을 다시 일으키려는 부모님의 뜻이 머물던 자리였고,

슬픔과 상실을 안고도 서로를 지키려 했던

가족의 따뜻한 숨결이 고스란히 배어 있는 공간이었다.

우리 가족이 다시 뿌리를 내린 곳,

희망(希望)을 다시 피운 곳이었다.

그 시간들은 내게

세상 어떤 유산(遺産)보다 귀한 기억으로 남아 있다.

그로부터 오랜 시간이 흐른 지금,

지금의 이 집은 마령리 신단지로 옮긴 후 새롭게 지은 공간이다.

비록 옛 제궁은 사라졌지만,

그 시절의 따뜻한 기억은

여전히 우리 가족의 마음속에 또렷이 살아 있다.

제궁(祭宮)과 정자(亭子)

옛 마을에는 저마다의 상징 공간이 있었다.

그중에서도 '제궁(祭宮)'과 '정자(亭子)'는 마을과 가문의 정신을 담는 장소이다.

이 두 공간은 모두 조용하고 단정한 인상을 주지만,

그 성격과 기능은 분명히 다르다.

• 제궁과 정자의 비교

구분	제궁 (祭宮)	정자 (亭子)
의미	조상의 신위를 모시고 제례(祭禮)를 올리는 곳	풍류, 쉼, 만남과 풍경 감상을 위한 건물
주요 기능	제사, 의례, 가문 종손의 역할	휴식, 담소, 학문, 경치 감상
위치	마을 안 제사터 또는 묘소 인근	강가, 산자락, 마을 입구 등 경치 좋은 곳
분위기	엄숙(嚴肅), 정결(淨潔), 닫힌 공간	개방(開放), 유유(悠遊), 소통의 장소
건축 특징	사방 벽, 위패·향로·제상 등 갖춘 구조	벽이 없거나 적은 누각 구조, 기와지붕과 마루
대표 사례	가문 제사당, 문중 재궁	만취제(晩翠齋), 압구정, 경회루 등

제4장

나의 출생과 가족 이야기

1

제궁에서 울려 퍼진 새로운 생명

고단한 세월 끝에 다시 찾아온 삶의 기적

나는 1956년 5월 8일(음력), 양력으로는 6월 16일,
아버지 박정숙, 호적 이름 진목(鎭穆)과
어머니 김점희 사이에서
3남 3녀 중 셋째로 태어났다.

내가 세상에 첫 울음을 터뜨린 곳은 '제궁(祭宮)'이었다.
조상의 숨결이 서려 있고, 슬픔(悲)과 희망(希望)이 공존하던 이 공간은
우리 가족에게 단순한 집 이상의 의미를 지닌 특별한 장소였다.

부모님은 만주에서의 고단한 시간을 지나
고향으로 돌아와 삶을 가꿔가기 시작하셨고,
나는 그 회복(回復)의 시간 속에서 태어난 아이였다.

전쟁 같은 세월이 지나고, 평온이 스며들 무렵이었다.
내 존재는 부모님께
새롭게 찾아온 삶의 기적이자 희망의 상징이었다.

웃음과 덕담으로 가득했던 날

내가 태어난 날, 제궁(祭宮) 사랑방에는
친척 어른들과 마을 분들이 모여들었다.
아기의 얼굴을 들여다보며 따뜻한 덕담이 이어졌다.

"눈이 동그랗고 맑으니, 큰 인물이 되겠네."
"귀가 크고 눈매가 시원하니 복(福)을 타고 났다."
"이 집안에 복덩이(福덩이)가 들어왔구먼."

작은 아기를 바라보는 어른들의 눈빛엔
한 집안의 미래에 대한 믿음과 기대가 담겨 있었다.

어머니는 몸이 채 회복되지 않은 상태에서도
조용히 미소를 지으며 나를 안으셨고,
아버지는 마루 끝에 앉아
담배를 피우며 조용히 감회(感懷)에 젖어 계셨다고 한다.

그 날의 햇살, 제궁 앞 감나무의 연둣빛 잎,
어른들의 웃음소리와 덕담 한마디 한마디는
지금도 내 마음속에 따뜻한 이야기로 남아 있다.

사랑방 가득 퍼지던 웃음은 마치 축복 같았고,
그 순간은 한 가정의 기쁨이 마을의 기쁨이 되던 시간이었다.
모두가 한 생명의 탄생을 진심으로 반겨주었다.

말로 들은 기억, 가슴에 새겨진 탄생의 의미

나는 그날의 장면을 직접 기억(記憶)하지는 못하지만,
어릴 적부터 수없이 들어온 이야기를 통해
내 탄생(誕生)이 얼마나 소중하고 반가운 일이었는지를 느낄 수 있었다.

제궁이라는 특별한 공간(空間),
그 속에서 다시 이어진 가족(家族)의 삶(人生),
그리고 웃음과 축복(祝福)으로 가득했던 그날의 분위기는
내가 태어난 순간을 더욱 특별하게 만들어 주었다.

그 시작은 곧 내가 살아가는 내내
잊지 말아야 할 삶의 첫 문장(文章)이 되었다.

그날의 이야기는 단지 과거의 기억이 아니라,
내가 살아가는 동안 늘 가슴속에 새기며
잊지 말아야 할 삶의 첫 문장(文章)이 되었다.

그 시작은 작았지만, 나를 키운 마음은 크고 깊었다.
조용한 덕담 한마디에도 가족의 사랑이 담겨 있었다.
그래서 내 탄생은 곧, 모두의 희망이 되었다.

2

짧지만 깊었던 부모님의 생애

아버지의 땀과 어머니의 손끝에 담긴 무한한 사랑

회갑을 넘기지 못하신 아버지의 작별

내 인생에서 가장 든든한 뿌리였던 두 분, 아버지와 어머니.
그들의 삶은 길지 않았지만,
그 속에 담긴 사랑(愛)과 헌신(獻身)은
여느 긴 생애보다도 더 깊고 컸다.

아버지는 1917년 4월 18일에 태어나셨다.
한일합방(韓日合邦) 후 7년, 시대는 어두웠고, 삶은 쉽지 않았다.
그런 시절을 꿋꿋이 견디며 살아오신 아버지는
1978년 1월 2일, 회갑(回甲)을 맞은 해의 설날 다음 날,
병환(病患) 끝에 조용히 세상을 떠나셨다.

당시 우리는 오랜만에 가족이 모여 따뜻한 설날을 보내고 있었다.
기쁨과 웃음이 흐르던 그날, 아버지는 말없이 자리를 지키셨고,
다음 날, 마치 작별(作別)을 예고한 듯이
마지막 숨을 고요히 내쉬셨다.

그 생애는 집안의 다른 숙부님들보다 짧았지만,
그 짧은 시간 속에서도 아버지는 가족(家族)을 위해,
시대(時代)를 위해, 묵묵히 자신의 삶을 살아내셨다.

그날, 우리는 아버지의 마지막 침묵(沈黙)에서
말보다 강한 사랑과 생의 무게를 느꼈다.

시대를 앞서가던 아버지의 모습

아버지는 집안에서 막내셨지만,
문중(門中)에서는 항렬(行列)이 높아
실질적으로 '어른'으로 대접받으셨다.

체구는 크지 않으셨지만,
말씀이 분명하고 행동이 단호한 분이셨다.
부드럽기보다는 강단(剛斷) 있는 태도로
집안의 중심을 묵묵히 지탱하셨다.

당대의 어르신들과 달리 시대의 변화에도 민감하셨고,
전통에만 머무르기보다는 새로운 흐름을 빠르게 받아들이셨다.
전통 한복에 중절모를 쓰고,
머리는 깔끔하게 넘긴 신사머리를 하셨다.
그 모습은 단정하면서도 어딘가 세련된 인상을 주었다.

겉모습뿐 아니라,

말 한마디에도 깊이가 느껴졌고

존재만으로도 주변이 단정해지는 분이었다.

어머니의 단단한 삶과 따뜻한 손끝

어머니는 1925년에 태어나셨고,

1981년 2월 20일, 향년 56세의 나이로 세상을 떠나셨다.

나는 스물두 살에 아버지를, 스물다섯에 어머니를 여의었다.

그 빈자리는 시간이 흘러도 쉽게 채워지지 않았다.

어머니는 글을 읽고 쓸 줄 아셨다.

그 시대 여성으로서는 드문 일이었고,

손자들과 조카들이 "할머니가 글을 아시네?" 하며 놀랄 정도였다.

그 글씨체는 단정했고, 말씀은 늘 또렷했다.

"어려운 시기일수록 너그럽게 살아야 한다."

그 말씀은 단순한 훈계(訓戒)가 아니라,

우리 가족(家族) 모두가 품고 살아온 삶(人生)의 자세였다.

부모님은 넉넉하지 않았지만,

자식만큼은 굶기지 않으셨고, 사랑(愛)을 아끼지 않으셨다.

아버지는 논밭에서 땀을 흘리며 생계(生計)를 책임지셨고,

어머니는 새벽마다 부엌에 불을 지피며 하루를 준비하셨다.

그 손끝의 바쁨과 그 마음속의 사랑(愛)이 쌓여,
지금의 내가 있다.
짧았지만, 두 분의 삶(人生)은
내가 오늘 이 자리에 서 있기까지 가장 깊고 단단한 뿌리(根)였다.

삶으로 가르치고, 사랑으로 남은 두 사람

아버지 어머니 두 분은 말보다는 삶으로 가르치셨고,
고된 현실 속에서도 조용히 제 몫을 다해내셨다.
부모로서의 사랑(愛)은 크고 따뜻했고,
그 헌신은 어느 하나 허투루 쓰인 날이 없었다.

이제 돌이켜보면, 두 분의 삶 자체가
우리 가족에게 가장 큰 유산(遺産)이었다.
그 뿌리 위에 내가 서 있다는 사실이
무엇보다 든든하고, 참으로 감사하다.

그리고 문득 깨닫는다.
나는 어느새 부모님보다 더 오래 살고 있다.
그분들이 걸어간 길 위에서
이제는 내가 그 사랑을 이어야 할 차례임을 느낀다.

형제자매의 이야기

서로에게 등불이 되어준 다복한 형제의 인연

어머니는 여섯 자녀를 낳으셨고, 나는 그중 넷째로 태어났다.
하지만 큰누나는 만주에서의 어려운 시절,
어린 나이에 세상을 떠나셨다.

그 이후로 사람들은 우리 가족을 3남 2녀로 기억하곤 한다.
형제자매는 단순한 혈연(血緣)이 아니라
삶의 희로애락을 함께 나눈 동행자(同行者)였다.
기쁠 때는 웃음으로, 어려울 때는 서로의 등불처럼
의지하며 살아온 소중한 인연이었다.

우리 집 장남이신 광숙 형님

해방둥이로 태어나 가족의 희망이 되어준 큰별

형님은 1946년, 해방(解放) 이듬해에 태어나셨다.
우리 가족이 만주(滿洲)에서 돌아온 지 2년 뒤였다.
그래서 형님의 존재는 단순한 장남(長男) 그 이상이었다.

어둠 속을 지나 조국(祖國) 땅에서 처음 맞은 생명이었다.
부모님께는 말할 수 없는 기쁨과 희망(希望)이었을 것이다.

형님은 따뜻하고 곱고 정 많은 성품(性品)을 지니셨다.
누구에게나 정(情)을 아끼지 않으셨고, 조용히 베푸는 분이셨다.
그래서 "법 없이도 살 사람"이라는 말이 자연스레 따라다녔다.
집안 어르신들의 사랑도 각별하게 받으셨다.
어릴 때부터 반듯하고 조용한 품성이 돋보였다.

특히 인상 깊었던 건, 형님이 한문(漢文)을 독학(獨學)하셨다는 점이다.
학창 시절 내내 책과 가까이 지내셨고,
스스로 배우려는 모습은 가족에게 귀감(龜鑑)이 되었다.
그 모습 자체가 우리 집안의 자랑이었다.

형님은 1972년 따뜻한 성품의 형수님과 가정을 이루셨고,
슬하에 세 아들을 두셨다.
그 조카들은 지금도 내게 큰 자랑이며,
형님의 가족은 언제나 든든한 삶의 버팀목이었다.

형님은 장남이셨지만, 부모님이 이른 나이에 돌아가신 뒤
우리에게 부모(父母)와 같은 존재로 남으셨다.
문중의 대소사(大小事)를 챙기셨고, 갈등이 생기면 묵묵히 중재하셨다.
동생들의 삶을 옆에서 늘 지켜봐 주셨다.

내 어린 시절을 돌아보면, 형님의 존재는 '기둥'이었다.

우리가 흔들릴 때마다 말없이 버텨주시던 그 기둥.
2021년 형님이 세상을 떠나셨을 때, 나는 형만 잃은 것이 아니었다.

한 시대를 밝혀주던 등불(燈) 하나가 꺼졌다는 깊은 상실감(喪失感)을 느꼈다.
조용하지만 단단했던 삶, 따뜻하면서도 엄한 형님의 사랑(愛)은
지금도 내 마음속에 아버지의 사랑처럼 남아 있다.

둘째 형 연수
자수성가한 청년 사업가, 따뜻한 공동체의 가장

연수 형님은 1949년생이다.
중학교를 졸업하자마자
서울로 올라가 홀로 삶(人生)을 시작하셨다.

청년 시절 대부분을 공장(工場)에서 일하며 보내셨다.
그 땀과 노력의 시간은 형님을 강인한 어른으로 키워냈다.

1970년 중반엔 직접 가방 공장을 창업(創業)하셨다.
10여 명의 직원을 두고 공장을 운영하시며
경제 호황기에 단단한 기반을 다지셨다.

형님에 대해 지금도 선명하게 기억되는 건,
어려운 청년들을 채용해 가족처럼 아끼고 보살펴주셨다는 점이다.

그들은 단순한 직원이 아니었다.
형님 부부와 함께 일상을 살아가는 또 하나의 가족이었다.

형수님도 헌신적(獻身的)으로 함께하셨다.
직원들의 식사, 빨래, 생활까지 돌보시며
공장의 '어머니' 같은 존재가 되셨다.

이 부부의 따뜻한 마음과 정성 덕분에
공장은 단순한 사업장(事業場)이 아니라
사람 냄새 나는 따뜻한 공동체(共同體)가 되었다.

둘째 형님도 슬하에 세 아들을 두셨고,
그 조카들은 모두 바르고 건강하게 성장해
지금도 가족 곁에서 든든한 존재로 남아 있다.
우리 가족의 울타리는 예나 지금이나 변함없이 단단하다.

이렇게 우리 형님들은 모두 아들 셋씩을 두셨다.
우리 집은 본래 손(孫)이 귀한 집안이었기에
아들은 집안의 기둥이자 자랑으로 여겨졌다.

그래서 딸 없이 아들만 낳은 것도
그 시절엔 큰 복이라 여겨졌던 일이다.
하지만 형수님들께서
속으로는 딸아이 하나쯤은 기대하셨을지도 모른다.
조용히 접어둔 마음속 소망이 있었을 거라 생각된다.

여동생 금옥, 경란

늦게 핀 꽃이었지만 가장 밝게 피어난 두 자매

막내 여동생 금옥(1962년생)과 경란(1965년생)은
부모님이 마흔 가까운 나이에 얻으신 참 귀한 자식들이었다.
우리 형제들 사이에서는 '늦둥이'로 불렸다.
오랜 기다림 끝에 피어난 꽃처럼
가족에게 새로운 활력(活力)과 기쁨을 안겨주었다.

두 동생은 총명(聰明)하고 바른 성품으로
어린 시절부터 주변의 귀감(龜鑑)이 되었다.
어려운 환경 속에서도 성실(誠實)했고,
학교에서도 늘 상위권 성적을 유지했다.
선생님과 이웃 어른들의 칭찬이 끊이지 않았다.

부모님은 물론 형제자매 모두에게 자랑스러운 존재였다.
어머니는 마흔이라는, 당시로서는 늦은 나이에 막내를 낳으셨지만
조금도 힘든 내색 없이 따뜻한 손길로 두 딸을 길러내셨다.

어머니는 새벽부터 식구들의 끼니를 챙기고
들일을 도우면서도 막내들을 품에 안고 재우셨다.
그 모습은 지금도 따뜻한 기억(記憶)으로 남아 있다.

어린 시절, 친구들이 어머니를 보고
"너희 할머니야?"라고 말할 때가 있었다.

그럴 땐 동생들의 표정이 굳고, 나도 괜히 마음이 불편했다.

지금 생각하면, 부끄러워했던 건 어머니가 아니라
우리가 아직 철없던 시절이었기 때문이다.
어머니는 어떤 모습의 우리라도 있는 그대로 사랑하셨다.
그 사랑(愛)은 말보다 행동으로,
하루하루의 헌신(獻身)으로 우리에게 전해졌다.

세월이 흐른 지금,
여동생들과 함께 어머니 이야기를 꺼내면
아무 말 없이 고개를 끄덕이고,
눈시울을 붉히게 된다.

늦둥이로 태어난 두 동생.
그 시절, 어머니는 어느 때보다 따뜻하고 부지런한 손길로
그들을 돌보셨다.
그 세월의 흔적은 지금도 선명하게 우리 기억 속에 남아 있다.
그런 동생들도 이제는 환갑(還甲)을 훌쩍 넘긴 나이가 되었으니,
세월이 얼마나 빠르게 흘렀는지를 새삼 느끼게 된다.

제5장

시대에 묻힌 이름,
그러나 잊지 말아야 할 사람들

1

이름 없이 피어난 헌신, 박안수의 길

기록되지 못한 삶, 그러나 계승된 정신

조국의 부름 앞에서, 고요히 타오른 결심

종조부(從祖父)이신 박안수(朴安壽) 할아버지는
나라가 가장 깊은 어둠을 지나던 시절,
가족과 안온한 일상보다는 조국(祖國)의 독립(獨立)을 선택하신 분이다.

1881년에 태어나 1920년에 생을 마감하셨고,
특히 1919년 3·1운동 전후로
본격적인 독립운동에 나서신 것으로 전해진다.

그분의 39년 생애(生涯)는 짧았지만,
그 시간 속엔 한 시대를 온몸으로 살아낸
치열한 발자취가 고스란히 담겨 있었다.

아버지께서는 "어린 시절, 잠깐 뵌 기억이 있다"고 하셨다.
"말씀은 적으셨지만,
눈빛이 강했고 주변에 긴장감이 맴돌았다"고 회상하셨다.

그 조용한 모습은 순응이 아니었다.

결연한 저항(抵抗)이며,

그 침묵(沈默)은 체념이 아닌 단단한 결심(決心)이었다.

시대의 그림자, 저항의 여정

그 시절은 대한제국(大韓帝國)이 무너지고

일제강점기(日帝强占期)가 본격화되던 격동(激動)의 시기였다.

학교에선 일본어만을 가르치고, 신문과 책은 검열을 거쳐야 했으며,

거리엔 헌병(憲兵)이 순찰하며 백성들의 숨소리까지 억눌렀다고 한다.

많은 이들이 침묵과 생존을 선택하던 시대에

종조부는 조용히, 그러나 굳건히 저항(抵抗)의 길을 걸으셨다.

일제의 감시를 피해 산속과 들판을 전전하시며

서슬 퍼런 추적 속에서도 물러서지 않으셨다고 전해진다.

얼어붙은 산길을 걷고, 한 줌의 밥으로 허기를 달래며,

바람을 이불 삼아 하루하루를 버텨내는 삶(人生).

그 고단한 여정(旅程) 속에서도

종조부의 마음속에는 언제나 가족(家族)이 있었다고 한다.

아버지 말씀에 따르면,

종조부에 대해 할아버지께서는 이렇게 회상하셨다고 한다.

"그이는 가족을 마음속에 품고 다녔지.

형제들, 아이들, 집안 식구 하나하나까지⋯
그걸 잊지 않았기에 버틸 수 있었을 거야."

이름 없는 전쟁, 기록되지 않은 영웅

독립운동은 반드시 총칼을 들고 싸우는 것만을 의미하지 않는다.
때로는 두려움 속에서도 꺾이지 않는 마음,
말없이 감내하며 자신을 이겨내는 고요한 싸움이기도 하다.

종조부는 그런 싸움을 묵묵히 이어가셨다.
그분의 의지(意志)는 누구에게도 드러나지 않았고,
이름은 어디에도 기록(記錄)되지 않았지만,
그날의 결심과 실천은 지금도 가문을 지탱하는 정신(精神)으로 남아 있다.

비록 훈장도 없고 무덤조차 남지 않았지만,
우리는 그분을 '우리 집안의 첫 의병(義兵)'이라 기억한다.
말보다 실천이 먼저였던 삶,
그것이야말로 가장 위대한 저항이었다.

가족의 흩어짐, 꺾인 계보

종조부께서는 세 아들을 두셨지만,
독립운동의 길에 들어선 이후 집안은 점차 기울어갔다.

옥중 생활로 가장이 자리를 비운 사이
가족은 생계를 잃고 삶의 기반은 서서히 무너져내렸다.

탈출과 도피를 반복하며 세 아들은 뿔뿔이 흩어졌고,
일본과 만주로 떠났던 두 아들은 끝내 생사를 알 수 없게 되었으며,
고향에 남았던 아들도 젊은 나이에 세상을 떠났다.

결국 세 아들 모두
후손을 남기지 못하고 가문의 한 줄기는 역사에서 끊어지고 말았다.
그 단절은 단지 혈맥의 끊어짐이 아니라,
하나의 시대가 남긴 깊은 상흔(傷痕)이기도 했다.
지켜내지 못한 계보 앞에서 우리는 더더욱 그 뜻을 잊지 않으려 한다.

기억조차 희미해지는 이름 앞에서

그렇게 고된 삶(人生)과 치열한 저항(抵抗) 속에서
안수 할아버지의 이름은
공식적인 기록(記錄) 어디에도 남지 못했다.

아버지께서는
"그렇게 올곧게 사신 분을 아무도 기억하지 않는 게
제일 가슴 아프다"고 하셨다.

그 말은 내게 묵직한 울림으로 다가왔다.

그분의 삶이 후손 하나 없이
세상에서 잊혀져 간다는 사실은
단순한 가족사(家族史)를 넘어서
시대를 증언(證言)해야 할 누군가의 책임이 되어
내 마음속에 남았다.

반드시 기억되어야 할 이름

그래서 나는
종조부 박안수(朴安壽) 할아버지의 이름을
이 회고의 한 장면에 조용히 새겨둔다.
비록 공적(公的) 명단엔 남지 않았지만,
그분이 걸어가신 길은
누구보다도 분명한 독립(獨立)의 길이었다.

나는 그분의 얼굴을 뵌 적도 없고,
그분의 목소리를 들은 적도 없다.
하지만 아버지의 눈빛, 할아버지의 이야기,
집안 어르신들의 말 속에서
나는 그분을 느꼈고, 그 마음을 잊을 수 없었다.
그분의 헌신(獻身)은
단지 한 사람의 지난 삶(生涯)에 머무는 것이 아니라,
오늘의 나를 형성한 뿌리(根)이며,
후대에 반드시 기억되어야 할 역사적 의미(意味)를 지니고 있다.

나는 이 글을 통해

그분의 이름이 다시금 조명받기를 바란다.

비록 공식적인 기록(記錄)에는 남지 않았지만,

그분의 걸음은 우리 가문과 시대의 깊은 울림으로 남아 있다.

전쟁이 가져온 가장 깊은 상처, 당숙집의 이야기

아들의 전사를 받아들이지 못한 양어른의 침묵, 그리고 내 마음의 빚

침묵으로 가라앉은 아들의 죽음

박진종(鎭鐘) 어른은 아버지의 4촌 형님(4寸兄)이자,
내게는 당숙(堂叔)이셨다.
나는 집안 사정으로 그분의 가계(家系)에
양자(養子)로 입적하게 되었고,
그로 인해 당숙과는 혈연 이상의 깊고 각별한 인연(因緣)을 맺게 되었다.

당숙 댁에는 아들과 딸, 두 남매가 있었다.
그 시절로 보면 자식이 적은 편이었다.
열 명 남짓 되는 형제자매가 흔하던 때였기에,
외아들과 딸 하나는 더욱 귀한 존재였을 것이다.

특히 외아들은 성품(性品)이 반듯하고 총명(聰明)해
집안의 기대와 사랑을 한몸에 받았다고 전해진다.

그러나 그는 6·25 전쟁(戰爭)에 참전했고,
결국 전장(戰場)에서 전사(戰死)하고 말았다.

삶을 피워보지도 못한 젊은 나이에,
총탄과 포화 속에서 이름 없이 스러진 것이다.

전사 통보서가 집에 도착했을 때,
당숙은 아무 말 없이 그 종이를 찢어버리셨다고 한다.
'사망(死亡)'이라는 글자,
아들의 이름이 적힌 그 한 장을 찢는 일은
현실을 거부하고 싶은 마지막 저항(抵抗)이었을지도 모른다.

그날 이후, 당숙은 말수가 줄었고 눈빛도 달라졌다고 한다.
그 침묵(沈默)은 누구도 쉽게 꺼낼 수 없는
깊은 고통(苦痛)으로 남았다고 들었다.

그 어떤 보상으로도 메울 수 없는 상실

국가에서는 유족에게 위로금을 지급하려 했지만,
당숙은 이를 거부하셨다고 한다.
"자식 죽음을 돈으로 받는단 말이냐."

그 말씀에는 슬픔(悲痛), 분노(憤怒), 절망(絶望),
그리고 아들에 대한 깊은 사랑(愛情)이 담겨 있었을 것이다.
당숙에게 아들의 죽음은 어떤 명분(名分)도,
어떤 보상(補償)도 위로가 될 수 없는 일이었다고 들었다.

나는 지금도 생각한다.

6·25 전쟁은 군인들만의 이야기가 아니었다.

그것은 동족(同族)이 동족에게 총을 겨눈 민족(民族)의 비극(悲劇)이었다.

수많은 아들들이 이름 없이 쓰러졌고,

수많은 부모들이 자식을 보내고도 시신조차 품에 안아보지 못했다.

당숙의 아들이 쓰러졌던 그 전선 너머에는

지금도 북한 정권이 존재하고 있다.

그 사실을 떠올릴 때면,

나는 지금도 가슴 깊은 곳에서 치미는 분노를 느낀다.

전쟁은 끝났다고 하지만,

그 전쟁은 여전히 누군가의

마음속과 무덤 속에서 이어지고 있는 것이다.

무너진 가족, 이어진 고통

당숙의 고통은 여기서 끝나지 않았다.

딸 하나가 있었지만, 그녀의 삶도 평탄하지 않았다.

결혼을 했으나 정신적인 어려움을 겪으며 긴 시간 힘든 삶을 살았고,

결국 요양원에서 지내게 되었다.

그분은 나에게 양누님이 되신다.

나는 20년 넘게 양누님(養姉)의 요양 생활을 도와드리고 있다.

이것은 단지 도리(道理)나 의무(義務) 때문이 아니다.

당숙 가계(家系)가 짊어진 삶의 무게를
함께 나누고자 하는 마음에서 비롯된 일이다.

아픔을 함께 짊어지는 삶

외아들의 전사(戰死),
남겨진 딸의 고통(苦痛),
무너진 부모의 침묵(沈默).
그 오랜 시간의 이야기들을 곁에서 전해 들으며,
나는 그 아픔을 마음 깊이 새기게 되었다.

지금도 그것은
내 삶을 조용히 이끄는 보이지 않는 울림이 되고 있다.
삶은 때로 설명할 수 없는 슬픔(悲哀)을 던진다.
그러나 그 슬픔을 함께 짊어지는 것,
그것이 남겨진 이들의 몫이라는 생각을 하게 된다.

호국보훈(護國報勳), 기억과 감사의 이름

호국(護國)은 나라를 지킨다는 뜻이고,
보훈(報勳)은 그 공훈을 기억하고 보답한다는 뜻이다.

이 두 글자가 만나는 순간,
우리는 과거의 숭고한 희생을 마주하게 된다.
6월은 호국보훈의 달이다.
현충일(6월 6일)과 6·25전쟁일(6월 25일)이 있는 이 달에,
국가를 위해 헌신한 이들의 뜻을 기리고
그 정신을 오늘에 되새긴다.

'그날'이 있었기에 '오늘'이 있다.
그 희생이 있었기에 우리의 삶이 이어진다.
한 송이 국화, 한 번의 묵념,
그리고 한 사람의 기억이
역사를 지키는 또 하나의 시작이 될 수 있다.

제6장

청년 시절의 도전과 꿈

1

제궁에서 보낸 유년, 배움의 터전이 되다

전통의 품에서 의젓함을 배우고, 가난 속에서 배움의 기쁨을 깨닫다

제궁에서 배운 예절과 마음가짐

내 어린 시절은 제궁(祭宮)에서 시작되었다.
그곳에서 초등학교와 중학교 시절을 보내며 자라났다.
작은 방에 형제들과 다닥다닥 붙어 잠을 자고,
새벽이면 어머니의 부지런한 손길에 눈을 떴다.

마당에서는 형들과 뛰어놀고,
툇마루에 앉아 어른들의 이야기를 엿들으며
세상의 이치(理致)를 조금씩 배워나갔다.

제궁은 단지 가족의 거처가 아니라
문중(門中)의 중심 공간이었다.
제사(祭祀)나 문중 회의가 열릴 때면 어른들이 모였고,
나도 10대 초반부터 그 자리에 함께하며 일손을 도왔다.

접객을 돕고 상차림을 챙기며 자연스레 예절을 익혔다.
어른들의 말투와 문서 속 한자(漢字)를 보며

전통의 틀과 격식(格式)을 몸으로 배워갔다.

그런 경험 덕분인지,
또래 아이들에 비해 내가 의젓해 보였다는 말을 자주 들었다.
훗날 집안의 대소사(大小事)를 도맡게 된 것도
이 시절의 경험이 바탕이 되었을 것이다.

의례의 흐름, 손님 대접,
어른들 앞에서의 말투 하나까지 자연스럽게 익숙해졌고,
그만큼 책임(責任)을 느끼는 마음도 자라났다.

형제 사이에서 자란 '늦둥이'의 자리

생각해보면, 나는 '늦둥이'라는 말을
여동생들에게만 쓰기 어려운 입장이었다.
어머니께서 나를 서른한 살에 낳으셨기에
나 역시 당시 기준으로는 늦게 얻은 아들이었다.

형들과는 나이 차가 컸고,
조카들과는 친구처럼 어울려 지냈다.
집안 형수님들은 나를 '도련님'이라 부르며 예를 갖춰 주셨다.

그 호칭(呼稱) 속에는
어린 나를 향한 애정(愛情)과 조심스러움이 함께 담겨 있었다.

나는 그 속에서 자연스럽게 스스로를 가다듬었고,
나이에 비해 행동을 차분하게 하려는 버릇도 생겼다.
아마도 그런 환경이
내가 어른들 사이에서도 스스럼없이 어울릴 수 있는
성격의 밑바탕이 되었던 것 같다.

가난 속의 배움, 성실함의 뿌리가 되다

우리 가정의 형편은 넉넉하지 않았다.
그러나 나는 배움의 기쁨을 또렷이 기억하고 있다.
학교를 마치고 돌아오면 곧장 들일을 도왔고,
틈이 나면 책을 펼쳐 읽었다.

그 시절엔 참고서도 부족했고,
교과서조차 동생들과 돌려보며 썼지만,
공부는 누가 시켜서가 아니라
내가 스스로 원하고 즐기던 일이었다.

초등학교와 중학교 시절,
또래 친구들처럼 특별한 추억은 많지 않았지만,
나는 조용히 마음속에 책임감과 성실함을 쌓아갔다.
학교가 끝나면 들에 나가 일하고,
밤에는 조용히 책을 읽는 생활이 반복되었다.

그런 소박한 일상이

나에게 '참된 노동(勞動)'의 의미를 가르쳐 주었고,

가족과 마을을 중심으로 한 공동체(共同體)의 소중함도 일깨워주었다.

나는 스스로 눈을 뜨고, 손으로 길을 찾는 법을 배워갔다.

그것이 내 유년기의 가장 귀한 자산이었다.

그 소박했던 갈망(渴望)과 성실함은

훗날 어떤 상황에서도 나를 무너지지 않게 해준

내면의 힘이 되었다.

고교 진학을 접고, 세상에 첫 발을 내딛다

배움의 갈림길에서, 삶의 첫 현장으로

멈춰 선 배움, 그리고 떠남의 결심

중학교를 졸업한 뒤, 나는 당연히 고등학교에 진학할 줄 알았다.
공부에 대한 갈망(渴望)도 있었고,
책으로 더 넓은 세상을 만나고 싶었다.

하지만 현실(現實)은 그리 녹록지 않았다.
집안 형편은 넉넉하지 않았고,
부모님도 학비를 감당하기 어려워하셨다.
아버지의 표정에는 늘 미안함이 담겨 있었고,
그 조용한 침묵(沈默) 앞에서, 나는 더 이상 고집을 부릴 수 없었다.

그 순간 기억에 남은 건 아버지의 한마디였다.
"세상은 넓고, 배움은 책에만 있는 게 아니다."

나는 그 말을 가슴에 품고 대구로 떠났다.
기차 안에서 본 창밖 풍경은 낯설었고,
도시의 거리엔 빠른 걸음과 생소한 냄새가 가득했다.

두려웠지만, 나도 그 세상의 일부가 되고 싶었다.

교동시장에서 배운 삶의 기술

처음 일한 곳은 대구 교동시장의 유기가게(鍮器店)였다.
나는 점원(店員)으로 시작했다.
아침마다 가게 문을 열고, 진열대를 정리했다.
손님을 맞으며 하루를 보냈다.

겉보기엔 단순한 일 같았지만,
그 속에는 사람을 대하는 기본이 숨어 있었다.
손님의 눈빛, 말투를 살피고
먼저 원하는 바를 알아채려 애썼다.

나는 판매보다 더 중요한 것이 '신뢰'라는 걸 배웠다.
가게 주인 어르신은 종종 말씀하셨다.
"물건은 주인이 만드는 게 아니야. 손님이 만드는 거야."

그 말은 장사 이상의 가르침이었다.
삶 전체에 영향을 준 말이었다.

나는 점점 '일'을 넘어서
사람을 읽고, 흐름을 읽는 법을 배워갔다.
이곳은 내게 첫 일터이자, 또 하나의 교실(教室)이었다.

일이 끝난 저녁이면 책을 읽었다.
시장 안 헌책방에서 산 경영 서적, 기업 이야기,
그리고 유통 이론서들을 찾아 읽었다.
현장(現場)에서 체득한 장사 경험 위에
책 속 이론이 더해지며,
나는 세상을 보다 입체적으로 바라보게 되었다.

꿈이 생기다, 다시 고향으로

일이 익숙해질수록 내 안에 조용한 꿈이 자라났다.
"언젠가 나만의 가게를, 내 방식대로 해보고 싶다."
처음엔 막연했지만, 시간이 흐를수록
그 꿈은 점점 선명해졌다.

책에서 배운 것,
시장 사람들에게서 얻은 지혜(智慧),
그리고 내 손으로 직접 겪은 경험(經驗)들이 쌓이면서
나는 '직원(職員)'의 눈이 아닌 '주인(主人)'의 시선으로
세상을 보기 시작했다.

그리고 그 시선은 자연스럽게 고향을 향했다.
어릴 적 자라났던 제궁(祭宮),
들판에서 땀 흘리던 아버지,
정성스레 밥상을 차리던 어머니.

그 모든 장면이 이제는 단순한 농촌(農村)의 기억이 아니라,
'경영(經營)의 가능성'으로 다가왔다.

"농업도 사업이 될 수 있다.
고향에서도 새 방식으로 살아갈 수 있다."
대구에서의 시간은 길지 않았다.
하지만 그 안에서 나는 사람을, 시장을,
그리고 나 자신을 배웠다.

그 경험이 없었다면
나는 여전히 세상 앞에서 주저앉아 있었을지도 모른다.
하지만 이제는 어렴풋이 길이 보였다.
그리고 그 길의 시작은 다시 고향을 향한 발걸음이었다.

3

새마을운동과 농업의 새로운 도전

시대의 물결과 함께, 농촌에서 길을 찾다

귀향, 농사의 길을 선택하다

대구에서 짧은 사회생활을 마친 뒤,
나는 다시 고향 마령리로 돌아왔다.
그 시절, 대한민국은 전국적으로 새마을운동이 확산되던 때였다.

정부는 농촌에 자재를 지원하고,
주민들은 스스로 길을 닦고 집을 고치며
마을을 변화시켜 나가고 있었다.

"잘 살아보세"라는 구호(口號)는 단순한 구호가 아니었다.
우리 세대에게는 시대의 소명처럼 느껴졌다.
나 역시 '고향에서도 충분히 가능성이 있다'는 믿음으로
다시 땅을 일구기 시작했다.

그 무렵, 새마을운동의 상징처럼
대한민국 곳곳에서는 아침마다 같은 노래가 흘러나왔다.

"새벽종이 울렸네 / 새 아침이 밝았네 ♬

너도 나도 일어나 / 새마을을 가꾸세 ♬

살기 좋은 내 마을 / 우리 힘으로 만드세 ♬…"

우리 마을 스피커에서도 이 노래는 빠짐없이 흘러나왔다.

그 노래를 들으며 사람들은 호미를 들고 밖으로 나섰고,

서로를 격려하며 또 하루의 노동을 시작했다.

그 노랫말처럼,

"우리 힘으로 마을을 만든다"는 마음가짐이

당시의 우리에게는 자연스러운 하루의 출발이었다.

4-H 활동으로 배운 실천, 농업에 옮기다

귀향 후

나는 청년 농업인 모임인 4-H 활동에 참여했다.

4-H는 Head(智), Heart(德), Hands(勞), Health(體)

네 가지 덕목을 중심으로

배운 것을 마을에서 직접 실천하도록 유도한 농촌계몽운동이었다.

당시 농촌지도소(農村指導所)에서는

터널 재배, 고소득 작물 선택, 비료 분할 시비, 병해충 방제 등

새로운 농업기술을 교육하고 실습하도록 도왔다.

나는 논에는 담배를, 밭에는 고추 등을 심었다.

담배는 원래 물 빠짐이 좋은 밭에서 키우는 작물이었지만,
나는 배운 이론을 바탕으로 논에 심는 실험을 감행했다.

또한, 고추에는 비닐 터널 재배를 시도했고,
마늘에는 비료 조절과 병해충 관리법을 도입해
보다 안정적이고 수익성 높은 재배 방식을 만들어갔다.

성과, 마을로 확산되다

이러한 시도는 결과적으로 모두 성공을 거두었다.
논담배는 기존보다 세 배 가까운 수확량을 냈고,
고추와 마늘도 품질과 생산량 모두에서 만족스러웠다.

처음엔 고개를 젓던 어르신들도
내 농작물을 직접 보고는 고개를 끄덕이셨고,
뒤이어 같은 방식을 시도하는 이웃들이 하나둘 늘어나기 시작했다.

그 작은 실천은 마을의 분위기를 조금씩 바꿔놓았다.
농업 기술뿐 아니라,
'하면 된다', '우리가 해보자'는 태도가 퍼져나가기 시작했다.
이것은 나 혼자만의 실험이 아니었다.
사람들이 함께 움직였고, 마을은 자연스레 변화의 길로 접어들었다.

새마을운동, 마을을 바꾸고 사람을 깨우다

새마을운동은 단순한 개발정책이 아니었다.
1970년, 박정희 대통령의 정책적 구상에서 비롯된 범국민 운동이었으며,
'근면·자조·협동'이라는 정신 아래 농촌을 바꾸고자 했다.

집집마다 기와(瓦)와 슬레이트(slate)로 지붕을 고쳐 올렸고,
사람들은 삽과 곡괭이를 들고 신작로(新作路)를 닦았으며,
배수로와 공동우물도 정비(整備)되었다.

이 운동은 곧 도시와 학교, 직장으로 확산되었으며,
정부의 추진과 주민의 참여가 어우러진 희귀한 사례였다.
행정이 계획을 이끌고, 사람들은 함께 움직였다.

지도자 교육과 조직 육성도 체계적으로 이루어졌으며,
마을마다 변화가 시작됐고, 사람들의 마음도 달라졌다.
"해봤자 뭐하노"는 말이 "우리가 해보자"로 바뀌었다.

국제사회는 이 모델을 '한국형 개발'로 주목했으며,
100여 개 국가가 이를 벤치마킹했다.
2011년, 4월 22일은 '새마을의 날'로 지정되었다.

지금도 이 운동은 지속 가능한 발전의 상징으로 남아 있으며,
우리 마을도 그 중심에 있었다.
함께 땀 흘리며 만든 변화는 지금도 기억 속에 또렷하다.

4

새집 마련과 부모님과의 이별

고생 끝에 얻은 보금자리, 그리고 너무 이른 이별

새마을운동과 '우리 집' 마련의 기쁨

1970년대, 새마을운동의 바람은 우리 마령리에도 닿았다.
우리 가족도 남들처럼 땀 흘려 밭을 갈고,
집안일과 농사일에 온 힘을 쏟아부으며 살아갔다.

그 노력의 결실로, 우리는 마침내
오랜 제궁(祭宮) 생활을 마치고
우리 이름으로 된 집을 마련하게 되었다.
큰마을 산기슭에 자리한 슬레이트 지붕의 작은 집.
비록 남이 살던 집을 손본 것이었지만,
이제는 남의 것이 아닌
'우리 집'이라는 사실이 무엇보다도 든든했다.

방은 따뜻했고, 겨울바람도 덜 스며들었다.
가족 모두가 함께 만든 이 보금자리는
자립의 상징이자, 삶의 전환점(轉換點)이었다.

부모님과의 마지막 시간, 그리고 이별

하지만 새집의 기쁨은 오래가지 못했다.
1978년, 아버지께서 병환으로 세상을 떠나셨고
3년뒤인 1981년에는 어머니마저 건강 악화로 눈을 감으셨다.

향년(享年) 60세와 56세.
지금으로선 비교적 젊은 나이였지만,
그 시절엔 제대로 된 치료를 기대하기 어려운 환경이었다.
두 분의 장례(葬禮)는 새집 마당에서 치러졌고,
꽃상여를 메고 맛재 뒷산에 정성껏 모셨다.

여동생들이 남겨두었던 장례 사진 한 장.
그 소중한 기억도 임하댐 수몰로 집과 함께 사라졌다.
뒤늦게 여러 곳을 수소문해봤지만,
그 흔적은 어디에서도 찾을 수 없었다.

형제의 우애로 지켜낸 가족, 그리고 내게 주어진 몫

책임 앞에 선 형제, 그리고 우리가 지켜낸 일상
부모님이 떠난 후,
나는 큰형님과 함께 자연스레 가족을 지키는 책임의 무게를 나눠 가졌다.

당시 막내 여동생은 중학생,

그 위 여동생은 고등학생이었다.

삼형제가 힘을 모아 두 동생을 뒷바라지했고,

다행히도 두 아이 모두 무사히 학업을 마치고

서울에서 가정을 이루며 잘 살아가고 있다.

그 시절은 고되고 막막했지만,

우리는 우애(友愛)와 책임(責任)으로 서로를 붙잡으며 버텼다.

형제라는 이름의 울타리가

그 어느 때보다도 견고했던 시간이었다.

삶의 전환

도시에서 새롭게 펼친 도전

제7장

내 가정의 시작과 인생의 전환점

1

당숙의 양아들로 입적하며 시작된 새로운 삶

종손의 책임과 전통 계승

우리 가문은 대대로 종가(宗家)의 전통을 중시해 왔다.
특히 장손이자 독자였던 당숙(朴鎭種)은,
집안의 뿌리를 지켜야 할 사명을 누구보다
무겁게 받아들이고 살아오신 분이었다.

당숙(堂叔)은 가문의 4대 독자였다.
자손이 귀했던 집안에서, 하나뿐인 아들들이 전쟁의 소용돌이 속에
하나둘 스러져 간 뒤, 가문의 명맥(命脈)은 끊길 위기에 처했다.

그로부터 당숙은 마음속 깊이
가문의 대(代)를 이어야 한다는 무거운 숙제를 품고 살아야 했다.
자신 한 사람의 인생이 아니라,
대대로 이어온 가문의 숨결을 지켜야 하는 사명을 짊어진 것이다.

그래서 결국, 아버지의 사촌동생이던 나의 아버지(親父)에게
양자(養子)를 들여 가문의 끈을 잇게 한 것도
모두 그러한 운명 같은 책임감 때문이었다.

입적까지의 과정과 나의 결단

하지만 양자를 들이는 일은 그리 간단하지 않았다.
내가 입적하기 이전,
당숙댁에서는 이미 두 차례 양자 입적을 시도했다.
그러나 모두 안타깝게 실패로 돌아갔다.

그 이유는 생가 쪽 부모들의 과도한 금전 요구 때문이었다.
양자의 조건으로 위자료와 재산 분할을 강하게 요구하자,
결국 당숙은 눈물을 머금고 파양(破養)할 수밖에 없었다.
그 과정에서 재산도 크게 줄었다.

예전에는 인근에서도 손꼽히던 부잣집이었지만,
두 번의 파양으로 인해 집안 형편은 눈에 띄게 기울어졌다고 들었다.
그런 일련의 사연 끝에, 마침내 내게 양자 이야기가 닿았다.
내 나이 스물한 살, 1977년 가을이었다.

나는 아버지의 허락 아래
당숙의 양자로 입적(入籍)하게 되었고,
가문의 대를 잇는 새로운 삶이 시작되었다.

그 시대, 양자 입적은 단지 법적인 형식 절차가 아니었다.
그것은 한 가문의 명맥을 이어가는
중대한 책임이자 사명감이었다.

특히 종가의 전통을 이어가는 종손의 자리는,
예법과 정신, 제례와 책임의 중심에 선다는 뜻이기도 했다.

나는 그 무게를 알고 있었기에, 가볍게 받아들이지 않았다.
양자의 입적은 나의 삶을 송두리째 바꾸는 결정이었고,
그때부터 나는 한 사람의 아들이 아닌,
한 가문의 계승자(繼承者)로서의 길을 걷게 되었다.

양아버지의 삶과 가르침

이제부터는 '당숙'이 아니라,
이 집안의 아들로서 받아들인 대로 '양아버지'라 부르려 한다.
이 글에서도 그렇게 부르는 것이 더 자연스럽고, 내 마음에도 솔직하다.

내가 양자로 들어갔을 때, 양아버지는 나를 진심으로 맞아주셨다.
비록 직접 이어진 핏줄은 아니었지만,
나는 그분의 삶과 가문의 정신을 고스란히 품은 아들이었다.
나를 친자식처럼 품어주시며 따뜻하게 이끌어주셨다.

말보다 행동으로 가르치시던 분답게,
나는 그분 곁에서 조용히 종손(宗孫)으로서의 품위와 자세를 배워갔다.
가문의 제례 준비, 조상을 섬기는 마음,
문중 행사를 대하는 태도, 그리고 삶을 살아가는 방식까지
그 모든 것이 양아버지의 말 없는 가르침이었다.

그분은 가끔 이런 말씀을 하시곤 했다.

"가문을 잇는다는 건, 족보(族譜)에 이름을 올리는 게 아니다.

조상의 정신을 지키고, 그 뜻을 후손에게 제대로 전하는 일이다."

그 말은 내 삶의 좌표(座標)가 되었고,

지금도 마음 깊은 곳에 또렷이 새겨져 있다.

종손으로서의 첫 의무, 그리고 통과의례

1980년 11월, 양아버지는 병환으로 눈을 감으셨다.

1901년에 태어나 80년을 사신 생애의 끝이었다.

나는 종손으로서 상주의 역할을 맡아,

가문의 대표로 장례를 주관했다.

수많은 친지와 이웃들이 조문하는 가운데,

마지막 순간까지 예를 다하며 아버지를 정중히 배웅했다.

그 장례는 단순한 의무가 아니었다.

내가 진정한 종손으로 거듭나는 통과의례(通過儀禮)였으며,

한 가문의 정신을 온전히 품게 되는 시간이었다.

그날 이후, 나는 확실히 깨달았다.

종손이란 단지 장손의 자리가 아니라,

가문의 기억과 전통, 정신을 지켜내는 자리라는 것을.

비록 양아버지와 함께한 시간은 길지 않았지만,

그분이 내게 남긴 삶의 본은 내 안에 깊이 뿌리내렸다.

그 정신을 지켜가며 살아가는 것.

그것이 내가 선택한 길이며,

지금도 지켜야 할 내 소명(召命)이라 믿는다.

양어머니의 품격과 양아버지의 고독한 세월

한 사람의 삶을 이야기하며,

그 곁을 지켰던 반려를 빼놓을 수 없다.

이제는 나의 양어머니,

은진송씨(恩津宋氏)의 이야기를 전하려 한다.

양어머니는 1898년에 태어나,

양아버지보다 앞선 1972년 12월, 74세를 일기로 세상을 떠나셨다.

내가 양자로 입적하기 전이었지만,

어린 시절에 뵌 기억이 희미하게 남아 있다.

단정하고 조용한 모습, 따뜻한 눈빛은 지금도 선명히 떠오른다.

마을 어르신들 역시

그분을 '품격 있고 지혜로운 분'이라 칭찬하시곤 했다.

양어머니가 세상을 떠난 뒤,

양아버지는 10년 넘는 세월을 홀로 보내셨다.

그 오랜 시간 동안에도 무너짐 없이,
예와 절제를 잃지 않으셨다.

늘 깔끔한 차림에 단정한 자세로, 조용히 가문을 지켜내셨다.
그 모습은 마치 가문이라는 뿌리를 혼자서 지탱하는 한 그루 나무처럼,
조용하지만 굳건하고 위엄(威嚴)이 있었다.

2

권화자와의 결혼

1982년, 나는 안동권씨(安東權氏) 화자(花子)와 결혼했다.
그녀는 조부모님의 손에서 자라며
어린 시절의 어려움을 묵묵히 견뎌낸 단단한 사람이었다.
그 고단했던 유년기가 그녀를 강인하고도
다정한 사람으로 만들어주었고,
그런 그녀와 함께 삶을 시작할 수 있었다는 건
내 인생에 있어 큰 복이었다.

결혼식은 전통 혼례 대신 신식 예식으로 치렀다.
당시만 해도 시골에서는 집에서 혼례를 올리는 경우가 많았지만,
우리는 소박하면서도 단정한 방식으로 새로운 출발을 알렸다.
하객들에게는 소불고기를 대접했고,
형님과 형수님께서 부모님 대신 혼주 역할을 맡아주셨다.
그 따뜻한 배려는 지금도 잊히지 않는다.

신혼여행은 경주 불국사와 부곡 온천으로 다녀왔다.
제주도나 해외여행은 아직 일반적인 문화가 아니었던 시절이었다.
우리는 국내 여행을 택했고, 택시를 타고 이곳저곳을 누비며
나름 여유 있게 잘 다녔다.

화려하진 않았지만,

불국사의 고요한 풍경과 온천에서 나란히 앉아 보낸 저녁 시간은

지금도 마음속에 따뜻하게 남아 있다.

그 여정은 소박(素朴)했지만 충분히 깊고,

우리 두 사람의 출발(出發)을 축복(祝福)해주는 시간이었다.

가정을 지켜준 동반자

결혼 후, 아내는 말없이 헌신하며

우리 가정의 중심이 되어주었다.

농사일에도 성실했고, 살림은 알뜰했으며,

시댁 식구들과도 따뜻한 정을 나누며

내 가족을 자신의 가족처럼 섬겼다.

마을 어른들 사이에서는 "참 며느리"라는 말을 들을 만큼

성실하고 예의 바른 사람으로 칭찬(稱讚)을 받았다.

그녀는 단순히 집안을 유지하는 사람이 아니라,

온 가족을 하나로 묶는 정서적 중심이자 든든한 버팀목이었다.

내가 바깥일에 전념할 수 있었던 것도,

가정 안에서 아내가 자리를 굳건히 지켜주었기 때문이다.

때론 고단했을 삶이었겠지만,

그녀는 한 번도 원망을 내비치지 않았다.

그 무언의 힘이야말로,

내 삶의 진정한 기반(基盤)이었다.

결혼 40주년, 다시 마주한 감사

2022년, 우리는 결혼 40주년을 맞았다.
자식들이 마련해준 작은 파티에서
나는 아내의 손을 꼭 잡고, 지난 세월을 되짚어보았다.

사진 속 아내는 여전히 밝은 웃음을 짓고 있었고,
내 얼굴에도 어느새 깊어진 주름 너머로
그 시절의 감정이 고스란히 떠올랐다.
'사랑합니다'라는 케이크의 작은 문구가
그간 말로 다 표현하지 못했던 내 마음을 대신해주었다.

이토록 긴 시간을 함께 걸어왔다는 것.

그리고 그 시간이 서로에게 후회 없는 동행(同行)이었다는 것.

그 자체로 감사했고, 감격스러웠다.

앞으로의 여정이 얼마나 더 남아 있을지 모르지만,

이제는 예전처럼 바쁘게만 살지 않고

하루하루 아내와의 시간을 더 많이 나누고 싶다.

함께 웃고, 함께 걷고, 함께 늙어가는 것.

그것이 내 남은 삶의 가장 큰 소망(所望)이다.

3

세 자녀와 함께한 마령리의 나날

첫딸 미현 탄생과 성장

결혼 후, 우리는 첫 아이를 맞이했다.
1983년 8월, 매미 울음이 가득하던 한여름의 어느 날,
첫째 딸 미현(美賢)이가 세상에 태어났다.

그 감격은 지금도 생생하다.
작은 생명이 처음 품에 안겼던 순간,
말로 다 표현할 수 없는 벅참과 감사(感謝)가 가슴 깊이 밀려왔다.

딸의 이름에는,
그녀가 아름다우면서도 지혜로운 사람으로 자라나길 바라는
부모의 간절한 소망을 담았다.
미현이는 우리 삶에 새로운 희망과 기쁨을 안겨주었다.

장남 무규 탄생

그로부터 1년 뒤인 1984년 11월 말,
마을 들녘에 찬 서리가 내리고,

벌거벗은 나뭇가지들이 겨울을 준비하던 무렵,

둘째 아들 무규(武奎)가 태어났다.
대를 잇는 아들의 탄생은 집안의 큰 기쁨이었고,
우리는 그가 가문의 전통을 이어가며
성실하고 바르게 자라나길 바라는 마음을 이름에 담았다.
무규는 조용하고 단단한 성품으로,
어린 시절부터 가족에게 큰 안도감을 주었다.

막내 귀현의 탄생

1986년 7월 말, 한여름 햇살이 논두렁을 뜨겁게 데우던 날,
셋째 딸 귀현(貴賢)이가 태어났다.
셋째 아이가 아들이길 바라는 마음도 잠시,
귀현이의 탄생은 우리 가정에 더 없는 축복으로 다가왔다.

그녀의 이름에는
'귀하고 지혜로운 사람으로 자라다오' 하는
부모의 사랑과 믿음을 담았다.
귀현이는 형제들의 사랑을 받으며
자연스레 책임감 있는 아이로 성장 했고,
그 존재만으로도 우리 가족의 분위기를
한층 더 따뜻하고 풍요롭게 만들어주었다.

자녀 셋을 낳고 키우며 보낸 그 시절은,

우리 부부의 삶에서 가장 소중하고 찬란한 시간이었는지도 모르겠다.

새벽부터 논밭으로 향하던 걸음도,

아이들의 웃음소리에 걸음을 멈추던 순간도,

이제는 하나하나가 가슴속에 따뜻한 추억으로 남아 있다.

책갈피　　가화만사성(家和萬事成), 웃음이 머무는 집은 길하다

'가화만사성(家和萬事成)'이라는 말이 있다.
집안이 화목하면 모든 일이 순조롭게 이루어진다는 뜻이다.
이는 단순한 옛말이 아니다. 오늘날에도 깊은 울림을 주는 삶의 지혜다.

가정은 인간이 처음으로 겪는 공동체이자,
가장 오랜 시간 머무는 삶의 바탕이다.
그 안에서 우리는 웃음과 눈물을 배우고,
함께 살아가는 법을 익힌다.

함께 쓰이는 말인 '소문만복래(笑門萬福來)' 역시
웃음이 있는 집에 만복이 찾아온다는 의미를 담고 있다.
따뜻한 말 한마디, 배려하는 눈빛 하나가
가정의 평화를 지켜주는 작은 실천이 된다.

삶이 고되고, 세상이 시끄러워도
가정만큼은 위로와 안식이 되는 곳이어야 한다.
연말·연시를 맞아 이 소중한 '기본'을 다시 떠올려보자.
행복한 가정이야말로 진정한 성공의 출발점이다.

4

마령리 공동체와 가족 간의 유대

결혼후 터전을 잡은 마령리 우무골(운곡) 마을 전경

결혼 후, 우리는 마령리 운곡(雲谷)에 터전을 잡고 살았다.
양아버지 집인 상촌댁(上村宅)이 바로 그곳에 있었고,
이 집은 내가 양자로 입적한 뒤 자연스럽게 이어받은 공간이었고,
이곳에서 우리는 가족의 삶을 시작하게 되었다.

마령리는 밀양박씨(密陽朴氏)의 집성촌으로,
50가구가 넘는 박씨 집안이 큰마을과 운곡 일대에 흩어져 살았다.
서로 20촌 이내로 얽힌 가까운 촌수 덕분에,
마을 안에는 자연스러운 유대감과 따뜻한 품앗이 문화가 살아 있었다.

하지만 마령리는 단지 박씨 외에도

류씨(柳), 송씨(宋), 강씨(姜), 김씨(金) 등

다른 성씨를 가진 분들도 오래전부터 함께 어울려 살아왔고,

우리는 이들과도 정을 나누며 조화롭게 지냈다.

그만큼 마령리는 누구든 편안히 뿌리내릴 수 있는 살기 좋은 곳이었다.

운곡에서의 삶은 평화로웠다.

농사일로 하루가 바빴지만,

아이들과 보내는 소소한 시간과

이웃과 주고받는 인사는 날마다 마음을 따뜻하게 했다.

아내는 집안일은 물론 농사일까지 부지런히 도왔고,

양가 식구들 사이를 정성으로 잇는 중심 역할을 해냈다.

특히 내 친가의 형님 댁과도 꾸준히 교류하며

양가 모두에게 믿음 받는 사람이 되었다.

그녀의 다정한 말씨와 성실한 마음은

가족은 물론 마을 사람들에게도 깊은 인상을 남겼다.

물려받은 유산은 거의 없었지만,

우리는 땀으로 땅을 일구고 계절을 가꾸며

조금씩 삶의 터전을 다져갔다.

농사로 모은 수확이 쌓일수록 마음에도 안정을 얻었고,

그 속에서 아이들은 자라고,

우리 부부는 소박하지만 단단한 가정을 세워갔다.

운곡 상촌댁에서 보낸 7~8년의 세월.

그 시간은 내 삶에서 가장 조용하고 단단한 시절로 남아 있다.

가족의 웃음소리, 이웃의 인사,

밭에 내리쬐던 햇살과 저녁마다 피워올린 아궁이 연기까지.

지금도 그 모든 풍경이 마음 깊은 곳에 따뜻하게 살아 있다.

5

문중 대소사를 함께했던 마을의 기억

집성촌에서 맡았던 자연스러운 책임

마령리에서 보낸 25년의 삶 중,
특히 열일곱 무렵부터 결혼 후
마을을 떠나기 전까지의 10여 년은
문중의 크고 작은 행사를 도맡았던 시기였다.

당시 우리 마을은,
말 그대로 밀양 박씨(密陽 朴氏) 집성촌의 전형이었다.
결혼식, 장례식, 회갑잔치 등 크고 작은 집안일이 끊이지 않았고,
그 모든 자리의 중심엔 언제나 내가 있었다.

내가 어릴 적 제궁(祭宮)에서 지내며 익힌 예법 덕분에,
어른들 사이에서도 나는 자연스레 예의와 의례를 아는 사람으로 인정
받았다.
잔칫상 하나 차릴 때에도, 조상의 제사 절차를 준비할 때에도
내가 나서면 어른들은 "알아서 잘하니 믿고 맡긴다"고 말하곤 하셨다.

스무 살 청년, 문중의 중심에 서다

그 시절에는 대부분의 행사가 집에서 치러졌다.
결혼식은 마당에서, 장례식은 마을 전체가 함께하는 큰일이었다.
회갑잔치도 온 가족이 모이는 큰 행사였다.

이런 대소사에는 준비할 것이 한두 가지가 아니었다.
수의, 관, 장례 도구, 음식 재료까지 한꺼번에 구입해야 했고,
시골에서는 장을 자주 볼 수 없었기 때문에
한 번에 예산을 짜고 계획을 세워 정확히 준비하는 능력이 필요했다.
그 모든 과정을 내가 책임졌다.

지금 생각해보면, 열아홉에서 스물둘 남짓한 나이에
그 큰 일들을 혼자 맡아 처리했다는 것이
나 스스로도 놀랍고 신기하다.
장날이면 버스를 타고 물품을 사러 다니고,
가격을 비교하며 가성비를 따져 예산을 아꼈다.

잔칫날이면 음식을 준비하시는 어머니들께
필요한 재료를 빠짐없이 갖다 드리는 것도 내 몫이었다.
그 시절을 아는 이들은 지금도 말한다.
"그 어린 나이에 어떻게 그렇게 다 했을까. 참 대단했지."

하나의 집처럼 움직이던 마을

행사날이면 아이들은 자연스럽게 잔칫집으로 모였다.
밥도 그곳에서 먹고, 온종일 잔치 분위기 속에서 하루를 보냈다.
어머니들은 일손을 보태기 위해 앞치마를 두르고 부엌으로 향했고,
누가 시키지 않아도 서로서로 움직이는 그 모습은
핏줄을 나누지 않아도 가족 같았던 마을 공동체의 풍경이었다.

지금도 조카들이 그 시절 이야기를 꺼내며
"아재는 그때 정말 대단했어요."라고 말할 때면,
나는 어색한 듯 웃으면서도 가슴 한편이 따뜻해진다.

가을 시제(時祭), 조상 앞에 선 젊은 종손

매년 음력 10월, 가을 들판이 누렇게 물들 무렵이면
문중 어른들과 자손들이 함께 모여 조상 시제(時祭)를 지냈다.
사진 속 장면도 바로 그 시절의 시제 풍경이다.

제례는 단지 의식이 아니었다.
문중의 정신을 되새기고, 조상의 숨결을 함께 느끼는 시간이었다.
그리고 그 자리에 늘 내가 있었다.

당시 스무 살 갓 넘긴 나이였지만,
제사 음식의 준비부터 상차림, 참례 순서까지

전체 흐름을 내가 정리하고 이끌었다.

제례를 치르는 동안, 어르신들께서
나를 '믿고 맡기는 종손'이라 말씀하셨고,
나는 그 책임을 한 치의 실수 없이 다하려 최선을 다했다.
비록 어리지만, 그 시절 나는
전통과 예법 속에서 말없이 리더십(leadership)을 배우고 있었다.

음력 10월, 시제(時祭)의 모습

리더십은 그렇게 길러졌다

돌이켜보면, 그 시절 내가 감당한 일들은
단순한 잔치 준비 이상의 의미가 있었다.

그 속에서 나는 가족의 중심이 되는 태도,
문중을 대표하는 책임감(責任感),

사람을 존중하고 예를 다하는 마음을 배웠다.
지금의 내가 있을 수 있었던 건
바로 그 시절이 있었기 때문이라고 생각한다.

문중의 대소사를 준비하며 겪은 수많은 일들은
내게 삶의 실무 능력은 물론,
가족과 마을을 하나로 엮는 진정한 리더십(leadership)을 길러주었다.

앞으로 이 기억들을 그저 지나간 일이 아닌,
가족과 후손에게 전할 수 있는 이야기로 남기고 싶다.
그 시절의 수고와 책임이 결국 내 삶을 만들었고,
그 시간을 나는 지금도 감사한 마음으로 꺼내어 되새긴다.

6

임하댐 수몰과 서울로의 이주 결정

고향을 집어삼킨 임하댐의 완공

1988년, 마령리 마을에 닥친 소식은 청천벽력(靑天霹靂)과도 같았다.
임하댐이 완공되며 마령리 일대가 수몰된다는 이야기였다.
태어나 자란 고향,
땀과 사랑으로 일궈온 삶의 터전이
지도 위에서 사라질 위기에 처했다는 사실은
감히 현실로 받아들이기 어려운 충격이었다.

임하댐은 경상북도 안동시 임하면 천전리와
반변천 일대에 건설된 다목적댐으로,
1984년 착공되어 1990년에 완공되었고
1991년부터 본격적인 담수가 시작되었다.

이 댐은 연간 5억 9,200만 m³의 용수를 공급하고,
9,670만 kWh에 이르는 전력을 생산하며,
홍수 조절, 농업용수 공급, 산업 발전 등
국가적 차원의 역할을 맡은 댐(dam)이었다.

임하댐 모습

사실 안동에는 이미 '안동댐'이라는 대형 댐이 있었다.

그럼에도 임하댐이 추가로 건설된 이유는

더 많은 용수 확보와 치수(治水) 기능,

그리고 산업화에 대비한 안정적인 수자원 관리가 필요했기 때문이다.

국가의 미래를 위한 선택이라지만,

그로 인해 고향 마을이 물속에 잠겨야 한다는 현실은 냉혹했다.

우리 마을 마령리도 수몰 대상에 포함되면서,

나는 한 가정의 가장이자 고향 사람의 한 사람으로서

중대한 결정을 내려야만 했다.

고향을 등진 날, 마음속에 담은 것들

고향을 떠난다는 것은 그저 이사를 가는 일이 아니었다.
뿌리를 뽑고 새로운 땅에 심는 고통스러운 과정이었다.

정든 대지, 함께한 이웃들, 눈 감으면 떠오르던 풍경(風景)들
그 모든 것을 뒤로하고
나는 33세의 나이에 아내와 세 자녀의 손을 잡고
서울로의 이주를 결심했다.

서울이라는 도시는 내게 너무나 낯설고 거대하게 느껴졌다.
촌사람(촌놈)이 도시에서 과연 살아남을 수 있을까.
걱정과 두려움이 교차했지만,
아이들의 교육과 미래, 아내의 안정을 위한 길이라 생각하며
나는 스스로를 다잡았다.

수몰후 현재 맛재의 모습

마을에서는 곳곳에서 이별이 시작됐다.
"자주 연락하자"는 인사도,
"어디 가서라도 잘 살아야지"라는 인사도
그날따라 왠지 더 안타깝고 쓸쓸하게 들렸다.

그날 우리는 집 문을 마지막으로 닫고,
앞마당을 몇 번이고 되돌아보며 고요히 마령리를 떠났다.
그 모습은 지금도 내 마음 한편에서 선명(鮮明)하게 남아 있다.

서울행을 이끈 형님의 손길

우리가 서울로 이주할 수 있었던 데는
둘째 형, 연수 형님의 결정적 도움이 있었다.
형님은 나보다 앞서 서울로 올라가
가방 공장 사업을 성공적으로 정착시키고 계셨다.
자녀들의 교육, 문화적 혜택, 더 넓은 세상의 기회를 고민하며
형님은 일찌감치 서울을 선택하셨다.

당시 형님은 강동구 암사동에 살고 계셨고,
"이제는 너희도 서울로 와야 한다.
아이들 교육이며 생활 환경이 전혀 다르다."며
우리 가족과 큰형님 가족까지 적극적으로 권유(勸誘)하셨다.

그저 말로만 권한 것이 아니었다.

살 집도 미리 알아봐 주시고, 아파트도 구해주셨다.

정착 초기 필요한 물품과 일자리 문제까지

하나하나 손수 챙겨주시며 '정착을 이끈 버팀목'이 되어 주셨다.

지금도 돌아보면,

형님이 아니었다면 우리 가족이 서울에 자리를 잡는 일은

훨씬 더디고 어렵게 진행되었을 것이다.

그때의 고마움은 지금도 잊을 수 없고,

그 덕분에 우리는 낯선 도시에서 다시 뿌리를 내릴 수 있었다.

고향 마령리는 물속에 잠겼지만,

그 땅에서의 기억과 사람들의 정은 아직도 내 마음 깊은 곳에 살아 있다.

떠나는 아픔은 컸지만, 그 이별이 있었기에 새로운 시작도 가능(可能)했다.

그리고 지금도 나는,

형님의 손길과 아내의 헌신, 아이들의 웃음 속에서

도시에서의 삶을 일구며

그 첫걸음을 잊지 않고 살아가고 있다.

책갈피 다목적댐(多目的댐)이란 무엇인가

'다목적댐(多目的댐)'은 이름 그대로, 여러 가지 목적을 동시에 수행하는 대형 인공 구조물이다. 단순히 물을 저장하거나 발전하는 기능을 넘어, 홍수 조절, 농업·공업·생활용수 공급, 수력발전, 관광 및 지역 개발 등 다양한 역할을 맡는다.

· **다목적댐의 주요 기능**

기능	설명
홍수 조절	집중 호우 시 물을 저장해 하류 지역의 홍수를 예방한다.
용수 공급	농업용수, 공업용수, 생활용수 등 다양한 용수를 안정적으로 공급한다.
수력 발전	물의 낙차를 이용해 전기를 생산한다. 친환경 에너지 자원이다.
수질 관리	수위 조절을 통해 수질 오염을 방지하거나 개선할 수 있다.
관광·휴양	인공호수 주변에 관광지를 조성해 지역 경제에 도움을 준다.

· **우리나라 대표 다목적댐**

소양강댐 (춘천) : 국내 최대 규모의 다목적댐

충주댐 (충북) : 충주호를 형성, 중부권 수자원 공급

안동댐·임하댐 (경북) : 낙동강 중상류의 치수와 용수 공급을 담당

· **왜 다목적댐이 필요한가?**

한국은 강수량의 계절 편차가 심하고, 하천의 유속이 빠른 지형이 많다. 따라서 비가 올 때는 홍수, 비가 없을 땐 가뭄에 취약하다.

이런 문제를 해결하고 산업화와 도시화에 필요한 안정적 수자원을 확보하기 위해, 다목적댐은 핵심 인프라로 기능한다.

물은 흐르지만, 기억은 남는다.

다목적댐은 국가의 미래를 위한 선택이지만, 동시에 수몰 마을과 이주민의 삶을 바꾼 공간이기도 하다.

이 책갈피는 물속에 잠긴 이야기와 함께, 우리 사회의 물 관리 철학을 돌아보게 만든다.

제8장

서울에서 다시 뿌리내리다

1

고향을 떠나 새로운 시작의 결심

정든 땅을 등지고, 생존을 택한 이주의 길

낯선 도시, 서울의 첫 발걸음

서울(SEOUL)에 처음 올라왔을 때의 기억은 지금도 생생하다.
시골의 흙내음과 논두렁 풍경에 익숙했던 내게,
서울은 그야말로 딴 세상(世上)이었다.

수도권 전철은 끊임없이 사람을 토해냈고,
도로에는 차들이 빽빽하게 줄지어 서 있었다.
고개를 들어보니, 하늘보다 건물들이 먼저 눈에 들어왔다.
"아, 이게 서울이구나..."
두려움과 설렘이 뒤섞인 채, 나는 그렇게 서울 땅을 처음 밟았다.

함께 올라온 가족은 나보다 더 당황스러워했지만,
나는 아버지로서 겉으로는 담담한 척 해야만 했다.
익숙하지 않은 거리, 낯선 말투, 복잡한 지하철 노선도...
그 모든 것이 우리 가족에겐 하나의 도전(挑戰)이었다.

서울행을 결심할 수 있었던 것은,

서울행을 결심하는 데 결정적인 힘이 되어준 건
이미 서울에서 터를 잡고 계시던 둘째 형님의 존재였다.
형님께서는 마치 모든 걸 미리 겪어본 사람처럼
"이곳에서도 충분히 길을 낼 수 있을 거야"라며
조심스럽지만 단단한 믿음을 전해주셨다.

그 말은 단순한 격려 이상의 울림이 있었고,
그 믿음이 있었기에 나는 낯선 도시로
가족의 손을 이끌 수 있는 용기를 낼 수 있었다.
돌이켜보면, 그때 형님이 건넨 말 한마디가
내 삶의 방향을 바꾼 하나의 나침반이 되어주었다.

처음 정착한 곳은 강동구 암사동의 한 아파트였다.
지금은 너무나 평범하게 느껴지지만,
그때 내게 그 공간은 '서울살이'의 첫 관문이었고,
내가 도시에서 살아야 할 이유를 만들어줄 무대였다.
나는 더 이상 고향에 머무는 농부가 아니었다.

서울이라는 거대한 도시의 작은 구성원이 되었고,
촌사람이던 나는 이제 도시 사람이 되기 위한 첫걸음을 내디뎠다.

서울에서의 첫 정착과 주거 선택

서울에서의 삶은 아파트 계약서 한 장으로 시작됐다.
고향을 떠나 올라온 우리는,
어색한 도시 풍경 속에서 처음으로 쉴 곳을 찾아야 했다.

수몰 보상금(補償金)으로
강동구 암사동에 있는 17평짜리 아파트를 어렵사리 구입했다.
방 두 칸, 거실 하나의 작은 공간이었지만,
우리 가족에겐 그것이 서울에서의 첫 '안전한 둥지'였다.

처음엔 이 낯선 구조가 익숙하지 않았다.
층간 소음도 있었고, 엘리베이터 타는 것도 어색했다.
하지만 빌라나 주택에 비해 관리가 잘 되었고,
무엇보다도, 아이들을 키우기에
보다 안전하고 안정된 환경이라는 점이 무척 마음에 들었다.

반면, 큰형님은 결혼 전 여동생 두 분과 세 자녀,
형수님과 함께 일곱 식구가 지낼 수 있도록
강동구에 넉넉한 단독주택을 마련하셨다.

집에는 작은 마당이 있었고 방도 여러 개였다.
그 시절 사람들 눈엔
참으로 대단하고 부러운 집으로 비쳐졌었다.

요즘 시선으로 보면 조금 낡고 불편한 구조였지만,
그 당시에는 단독주택이 '부자의 상징'처럼 여겨지던 때였다.
친척들도, 이웃들도
"서울에서 저런 집을 마련하다니 대단하다"며
형님의 선택을 부러워했다.

우리 가족은 작은 아파트,
형님 댁은 넓은 양옥주택(洋屋住宅).
모양은 달랐지만,
각자의 방식으로 서울살이를 시작한 두 가족의 삶은
그 순간부터 저마다의 방향으로 흘러가기 시작했다.

도시는 낯설었고, 우리는 서툴렀다.
하지만 그 작은 아파트 안에서 우리는
서로를 의지하며,
도시라는 새로운 세계에 한 발 한 발 적응해갔다.

2

도시의 삶과 경제의 물결

작은 평수, 큰 기회, 도시 속 아파트의 힘

80년대 말 한국 경제의 도약

서울에 정착하던 그 시기,
나라 전체가 꿈틀거리고 있었다.
1980년대 후반, 대한민국은 거대한 변화의 물결 속에 있었다.

전두환 정부 시절의 이른바 '3저 호황' 저유가, 저금리, 저달러은
수출을 밀어 올렸고, 사람들의 삶에도 조금씩 여유가 생기기 시작했다.
TV, 냉장고, 세탁기가 하나둘 집집마다 자리 잡았고,
거리엔 사람들의 표정이 조금씩 밝아졌다.

1986년 서울 아시안게임, 그리고 1988년 서울올림픽은
우리나라가 국제 무대에 처음 본격적으로 얼굴을 내미는 사건이었다.
세계의 눈이 서울을 향했고,
그에 발맞춰 서울이라는 도시도 빠르게 변해갔다.

도로는 넓어졌고, 지하철은 더 길어졌으며,
건물들은 하늘로 치솟았다.

무엇보다 '아파트'라는 주거 공간이
이제는 선택이 아니라 표준(標準)이 되어가는 중이었다.
그 거대한 흐름 속에 우리 가족도 있었다.

비록 시작은 작고 소박했지만,
우리는 도시라는 물결 속에서
자신의 자리 하나를 지켜내고자 발버둥치고 있었다.

부동산 선택의 중요성과 형제의 대비

서울에서의 삶은 하루하루가 선택의 연속이었다.
그중에서도 가장 큰 선택은 '어디서, 어떻게 살 것인가'였다.
나는 비교적 일찍, 아파트라는 공간의 가치를 체감했다.

단순히 벽과 지붕이 있는 집이 아니라,
그 공간이 가진 시장성, 편의성, 미래 가치를 실감한 순간이었다.
우리가 살던 17평 아파트는
처음엔 작고 평범해 보였지만,
며칠 새, 몇 달 새, 그 가치는 눈에 띄게 달라졌다.

아파트 값이 치솟을 때,
형님이 사신 단독주택은 거의 그대로였다.
건물은 크고 땅도 넓었지만,
도심의 흐름과는 조금씩 어긋나 있었다.

형님은 종종 농담처럼 말씀하셨다.

"그때 너처럼 아파트를 샀더라면, 지금쯤 몇 채는 더 샀겠다."

그 말엔 아쉬움도 있었고,

어쩌면 나에 대한 대견함도 섞여 있었을 것이다.

처음엔 그저 머무는 곳이라 생각했던 아파트(APT)가,

어느새 우리 가족에게 버틸 힘이 되어주었다.

그 작은 보금자리가

낯선 도시에서 살아갈 용기(勇氣)를 심어주었다.

3

생계를 위한 작은 시작

막노동과 구멍가게, 가족의 이름으로 버틴 시간

서울살이, 막노동으로 시작된 생계

서울에 정착한 후 가장 먼저 맞닥뜨린 현실은,
'어떻게 먹고살 것인가'였다.
서울 하늘 아래 집은 마련했지만,
수입이 없다는 사실은 곧 막막함으로 다가왔다.

나는 인력사무소를 통해 막노동에 나섰다.
도심 한복판 공사장에서 하루 품삯을 받고
벽돌을 나르고, 시멘트를 섞으며
하루하루 몸으로 버텨야 했다.

농사짓던 손이 삽을 들고 콘크리트를 만질 때,
마음속에 여러 감정이 교차했다.
"내가 여기까지 와서 이걸 하고 있구나" 하는 씁쓸함도 있었지만,
가족을 위해선 그런 감정도 접어두어야 했다.

막노동만으로는 세 식구의 끼니와 생활비를 감당하기 어려웠다.

고심 끝에 나는 우리가 살고 있던 아파트를
3,500만 원 전세로 놓기로 결심했다.

작은 구멍가게, 낯선 도시에서의 희망

당시로선 쉽지 않은 결정이었다.
그 돈으로 방 한 칸짜리 작은 집과,
그 집에 딸린 자그마한 구멍가게를 얻었다.
그때부터 우리 가족의 진짜 '도시살이'가 시작됐다.

가게에 처음 앉았을 때,
나는 한 번도 장사를 해본 적이 없는 사람이었다.
물건에 가격표를 붙이는 일조차 어색했고,
손님이 들어올 때마다 어떻게 인사해야 할지 망설여졌다.
하지만 신기하게도, 모든 게 재미있고 새로웠다.

진열대에 물건을 채우고,
잔돈을 세고,
첫 손님에게 "어서 오세요"라고 말할 때의 떨림은
지금도 또렷이 기억난다.

비록 크진 않아도
'우리 손으로 뭔가 해보자'는 마음이 담긴 시작이었다.
장사는 낯설었지만,

그 낯섦 속에서 나는 희망을 느꼈다.

아내의 헌신, 가게를 지켜준 버팀목

그 작은 가게를 지탱해준 사람은
누가 뭐래도 아내였다.
나는 여전히 새벽부터 막노동을 다녔고,
아내는 가게 앞 카운터에 앉아
손님을 맞고, 계산을 하고, 장보러 다녔다.

아이들은 어렸고, 손이 많이 가는 시절이었다.
그 와중에도 아내는 가게를 지키며
아이들 밥도 챙기고, 숙제도 봐주고, 빨래도 돌렸다.

나는 그 모습에서 참 많은 걸 배웠다.
가족이란, 그렇게 서로를 위해 견뎌주는 관계라는 걸.
가게(商店)는 작았지만, 우리의 마음은 컸다.

신뢰로 쌓아올린 단단한 가게

손님 한 분 한 분에게 친절을 다했고,
물건 하나하나에도 정성(情性)을 담았다.
정량보다 넉넉히 담아주고,

이웃들의 이야기에 귀 기울이고,
소소한 부탁도 정성껏 들어드렸다.

그렇게 서서히 단골이 생기고,
우리를 '믿는 손님'들이 늘어갔다.
우리 가족은 서로를 믿었고,
가게는 그런 믿음 위에 서 있었다.

이 시절은 돈을 많이 벌었던 시기가 아니었다.
하지만 그 누구보다 열심히 살았고,
그 무엇보다 단단한 기반을 다지는 시간이었다.

생계의 시작은 작고 불안했지만,
그 속에서 우리는 '함께(同行)'라는 힘을 발견했다.
그리고 그 힘이 있었기에
우리는 서울에서 버틸 수 있었다.

4

배추 장사, 인생을 건 첫 도전

막노동의 끝에서 만난 기회, 그리고 시장의 교실

'이대로는 안 되겠다'는 각성의 순간

막노동을 하며 서울살이를 이어가던 어느 날,
나는 문득 '이대로는 안 되겠다'는 생각에 사로잡혔다.
하루 품삯으로 겨우 생계를 잇는 생활.
앞날이 보이지 않는다는 불안이 점점 짙어졌다.

"농사밖에 모르던 내가, 서울에서 평생 삽만 들 순 없지 않겠나..."
그때부터 나는 내 안의 가능성을 찾아보기로 결심했다.
신문을 들춰보고, 시장을 기웃거리고,
사람들 사이에서 무슨 일이 오가는지 유심히 살폈다.
잡지와 뉴스 기사, 책을 읽으며
경제 흐름과 유통 구조에 대해 혼자 공부하기 시작했다.
낯설고 어려운 말들이었지만,
그 속에서 분명 '기회(機會)'라는 게 느껴졌다.

배추라는 기회, 내 인생 첫 베팅

어느 날, 막노동 현장에서 우연히
배추 장사를 하는 상인을 만나게 되었다.
함께 휴식을 나누던 짧은 시간,
그는 충남 광천리와 전라도 지역에서 배추를 들여와
서울 가락시장에 도매로 납품한다는 이야기를 들려주었다.

그 말을 듣는 순간, "유레카다"
나는 마치 내 안의 무언가가
'철컥' 하고 맞아 들어가는 느낌(感)을 받았다.
"그래, 나도 배추라면 안다. 농사는 내 손에 익은 일이잖아."

그렇게, 나는 평생 해보지 않았던 장사에
인생의 첫 '베팅(betting)'이었다.
위험했고, 앞이 보이지 않았지만
그때 나에겐 달리 선택지가 없었다.

막노동으로는 미래가 보이지 않았고,
기회를 잡으려면 지금 이 순간이 마지막일지도 모른다는
절박한 마음이 내 등을 떠밀었다.
나는 망설이지 않았다.

'배추'에 내 시간과 체력, 그리고 가족의 생계를 걸었다.
누군가에겐 하찮아 보일 수 있는 선택이었지만

내게는 그것이 전부였다.

그리고 그 베팅은, 내 인생을 바꾸는 시작이 되었다.

위기를 기회로 삼은 배추 유통 구상

사업의 구상은 단순했다.

충남 홍성군 광천리, 그리고 전라도의 농촌(農村)에서

직접 배추를 구매해

서울 가락동 농수산물도매시장에 출하하는 구조.

중간 유통 없이, 생산자와 시장을 직접 연결하는 방식이었다.

당시는 김장철을 앞두고

배추 수요가 급격히 늘어나는 시기였다.

그해는 특히 배추 작황이 좋지 않아

시장에 물량이 부족할 것이라는 전망도 있었다.

위기가 곧 기회가 될 수 있다는 말처럼,

나는 이 상황을 정면으로 돌파해보기로 결심했다.

도전은 무모했지만,

기회는 그렇게 위기 속에서 찾아왔다.

가락시장은 그야말로 농산물 유통의 심장부(心臟部)였다.

가락시장, 장사의 본질을 배운 현장

서울 가락시장은
내가 장사를 처음 배운 현장(現場)이자 생존의 무대였다.
김장철이면 그곳은 전쟁터였다.
경매장 주변은 배추를 실은 리어카와 짐꾼들로 북적였고,
배추 한 상자의 상태 하나에도 거래의 성패가 갈렸다.

배추를 언제 내릴지, 누구에게 줄지,
그 판단은 책이 아니라 사람들의 표정과 기운 속에서 익혀야 했다.
첫 출하 날 밤잠을 설칠 만큼 긴장했지만,
나는 점점 시장이라는 공간의 호흡을 익혀갔다.

"유통이란, 책으로 배우는 게 아니라
몸으로 부딪히며 익혀야 한다는 사실을."

단가 계산, 납품 타이밍, 거래처와의 응대,
하나부터 열까지 모든 것이 살아 있는 배움이었다.
나는 그 안에서 장사꾼이 아닌 사업가로 성장하고 있었다.

5

첫 투자, 불안 속에서 피어난 확신

위태로운 1,000만 원, 그리고 가능성의 증명

1,000만 원, 내 인생을 담은 숫자

배추 장사를 시작하기로 마음먹고 나니,
가장 먼저 마주한 현실은 '자금(資金)'이었다.
사업이라는 게 마음만으로 되는 일이 아니라는 걸
나는 곧바로 깨달았다.

그때 내가 손에 쥔 돈은 약 1,000만 원.
지금 기준으로는 크지 않은 금액일 수 있었지만,
당시 내게는 인생을 걸 수밖에 없는 거금(巨金)이었다.

오랜 시간 일해서 모은 저축과,
여동생 결혼자금에서 잠시 빌린 돈까지 합친 금액이었다.
한 번 실수하면 가족의 생계가 무너질 수도 있는
말 그대로 위태로운 베팅이었다.

불안 속의 철저한 준비와 실행

하지만 이상하게도 마음은 담담했다.
"이 길이 아니면, 내게는 다른 길이 없다."
그 믿음 하나로 나는 움직이기 시작했다.

나는 스스로를 다그쳤다.
"책임질 수 있을 만큼 준비하고, 그다음엔 절대 흔들리지 말자."
장사 경험도 없고, 유통 구조도 처음 접하는 사람이었지만,
나는 누구보다 철저하게 조사하고 준비했다.

농민들을 직접 만나 품질을 확인했고,
도매시장 경매 방식도 익히며 하나하나, 몸으로 배워 나갔다.
그렇게 나는, 1,000만 원이라는 숫자에
내 확신과 가족의 미래(未來)를 담아 넣었다.

첫 수익, 결과는 두 배의 수익이었다.

첫 출하(出荷) 날, 배추가 상하지는 않을까,
운송은 제때 도착할까, 시장에서는 과연 받아줄까…
모든 게 불안해 밤잠을 설쳤다.

하지만 운도 따랐고,
무엇보다 치열하게 준비하고 달려온 노력이 뒷받침되었다.

마침 김장철 특수(特需)와 배추 공급난이 겹치면서,
시장 시세는 예상보다 훨씬 높게 형성되었다.

나는 1,000만 원 투자금으로 단번에 2,000만 원을 벌어들였다.
생각지도 못했던 성과(成果)였다.
단순히 돈을 번 기쁨을 넘어,
스스로 기회를 만들 수 있다는 확신을 얻게 되었다.

가능성의 증명, 새로운 시작

"나도 할 수 있다."
그 확신은 내 인생을 바꾸는 뿌리가 되었다.
그날 이후, 나는 더 이상 하루 품삯에 의지하는 막노동자가 아니었다.

내 손으로 기회(機會)를 찾고, 만들어내는 '장사꾼'이 되었고,
스스로 길을 여는 '사업가'로 첫 발을 내디뎠다.
그 첫 베팅은 단순한 성공이 아니라,
내 가능성을 세상에 알리는 첫 신호탄(信號彈)이었다.
그리고 그날 얻은 확신(確信)은 앞으로 수많은 도전 앞에서도
나를 지탱해준, 단단한 뿌리가 되어주었다.

발로 뛰는 사업과 물류의 한계

시장 밖에서 부딪힌 현실, 그리고 신뢰의 힘

물류의 벽 앞에 선 배추 장사

배추 장사에 자신감이 붙기 시작할 무렵,
나는 곧 '물류'라는 현실의 벽과 마주하게 되었다.

1990년대 초반,
우리나라 경제는 빠르게 성장하고 있었지만,
농산물 유통은 여전히 사람의 손과 발, 감각에 의존하던 시대였다.

공중전화 박스 앞에 줄을 서고,
삐삐로 연락을 주고받으며,
산지에서 도심으로 이어지는 유통의 길은
철저히 '몸의 싸움'이었다.

배추처럼 크고 상하기 쉬운 농산물은
단 하루의 지체만으로도 큰 손실로 이어졌다.
나는 시간과 신선도, 체력과의 싸움 속에
온몸으로 뛰어들게 된 것이다.

발로 뛴 유통, 몸으로 배운 노하우

충남 홍성, 전남 해남 등 산지로 직접 내려가
배추를 선별했고,
서울 가락시장까지의 운송은
용달차, 화물 등 다양한 방법을 실험하며 익혀갔다.

시장에 도착하면 리어카를 끌고 짐을 나르고,
경매장 앞에서 타이밍을 조율해야 했다.
모든 과정이 생중계처럼 실시간으로 진행됐다.

전화 한 통의 지연, 수레 한 번의 혼선도
곧바로 '돈'으로 연결되었다.
휴게소에 들러 배추 상태를 확인하고,
서울역 공중전화로 중도매인과 시간을 맞추는 일은
일상이었다.

그때 나는 절감했다.
유통은 책으로 배우는 게 아니라, 몸으로 부딪혀 익히는 일이라는 것을.

그 깨달음은 점차 내 손끝에, 눈빛에,
그리고 판단의 직감(直感)으로 스며들었다.

신뢰가 곧 사업의 자산이 되다

시간이 흐르며 나는 알게 되었다.
'물건만 잘 가져오면 된다'는 단순한 생각은
오히려 위험할 수 있다는 것을.

배추 한 상자의 질이 전체 거래의 성패를 좌우했다.
산지 농민에게는 약속한 가격을 반드시 지켰고,
중도매인에게는 정직한 품질로 신뢰(信賴)를 얻었다.

그 신뢰는 곧 다음 거래의 경쟁력이 되었다.
"조금 늦어도 좋으니, 당신 배추를 기다리겠다."
이 말은 내가 '사람'과 '약속'을 지켜왔다는 증거였다.

물론 실패도 있었다.
시세 하락, 운송 차질, 계약 파기 등으로
한 번은 1억 원 가까운 손해를 본 적도 있었다.
그러나 나는 물러서지 않았다.
"성실하면 하늘이 돕는다."

그 믿음 하나가 내 장사의 철학(哲學)이 되었고,
혼란스러운 유통의 세계 속에서도
나를 중심에 굳건히 세워주는 힘이 되어주었다.

7

강동구에 터를 잡다, 안정된 삶의 시작

가족과 함께 지켜낸 서울살이의 안식처

생애 첫 큰 투자, 암사동 상가 매입

배추 장사로 어느 정도 기반을 다진 후,
나는 더 이상 그날그날 수익에 의존해 살아서는
가족의 미래를 책임질 수 없다는 생각이 들었다.
아이들의 교육, 생활의 안정, 내 삶의 방향까지
이제는 보다 튼튼한 토대가 필요했다.

그래서 1992년, 나는 큰 결심을 했다.
서울 강동구 암사동에 있는 2층짜리 상가 건물을 매입한 것이다.
약 68평 규모의 그 건물은
당시 내 생애에서 가장 큰 규모의 투자였다.

1층에는 가게 세 곳을 임대해 월세 수익을 기대할 수 있었고,
2층은 우리 가족이 직접 거주할 공간으로 활용했다.
크진 않았지만, 매달 들어오는 임대료는
장사의 기복과 관계없이 생활에 안정을 가져다주는 버팀목이 되었다.

그 건물은 단순한 부동산이 아니었다.
가족의 삶을 지탱할 두 번째 뿌리,
그리고 서울살이의 새로운 전환점이었다.

일상의 회복, 가족 중심의 정착

암사동에서의 생활은
우리 가족에게 안정이라는 말의 의미를 처음으로 느끼게 해주었다.
아이들은 근처 초등학교와 중학교에 다니며
안정된 학업 환경 속에서 하루하루를 보냈다.

나는 여전히 새벽마다 시장에 나가 장사에 매달렸고,
집안일은 거의 신경 쓸 틈이 없었다.
아이들의 끼니와 학교생활, 일상적인 돌봄은
모두 아내의 몫이었다.

아내는 가게 일까지 도맡으면서도
아이들의 식사, 숙제, 병원까지
묵묵히 혼자서 감당해냈다.
공원 산책이나 분식집 외식처럼
소소한 즐거움도 아이들과 함께 나눴다고 한다.

나는 그 모든 시간 속에서
아내가 얼마나 큰 역할을 했는지를

뒤늦게야 온전히 실감하게 되었다.

그때의 암사동은, 작지만 확실한 기반이었다.
도시의 낯선 삶 속에서
우리가 처음으로 '살아간다'고 말할 수 있었던
정말 소중한 터전이었다.

강동구에서 가족과 함께 이어온 세월

암사동에서 시작된 서울살이는
그로부터 10년 뒤, 천호동으로 이어졌다.
나는 다시 한 번 마음을 다잡고,
천호동에 약 80여 평 규모의 상가 건물을 구입했다.
그 선택은 우리 가족의 삶에
또 한 번의 안정과 든든함을 안겨주었다.

지금은 강동구 명일동에 터를 잡고 살아가고 있다.
이곳에서도 상가 한 채를 마련해
1층부터 3층까지는 전세로 내놓고,
우리 가족은 4층에서 조용하고 단란(團欒)한 일상을 이어가고 있다.

아이들은 모두 성인이 되었다.
이제는 서른, 마흔을 훌쩍 넘긴 나이가 되어
각자의 삶에서 한 가정의 가장이 되거나

당당한 사회인으로 살아가고 있다.

세월이 참 빠르다.
아이들이 그렇게 자란 만큼,
내 나이도 어느덧 일흔(古稀)이 되었다.
하지만 나는 아직도 건강하게 하루하루를 보내며,
앞으로의 삶도 조용히, 그러나 단단하게 이어가고자 한다.

강동구라는 이 땅에 터를 잡은 지도
벌써 30년이 훌쩍 넘었다.
가족과 함께 일군 이 시간들은
결국 내 인생에서 가장 소중한 결실이며,
그 무엇과도 바꿀 수 없는 조용한 행복의 원천(源泉)이다.

지금의 나를 두고
'소박한 서민 갑부(庶民甲富)'라고 불러주는 이들도 있다.
부끄럽지만, 그 말 속에는
한 세대가 땀 흘려 일군 삶에 대한 존중(尊重)이 담겨 있다고 믿는다.

유통 혁신과 공동체

더 큰 세상을 향한 실천

제9장

변화와 혁신의 기로

1

농안법 개정과 사업자등록

제도 속에서 시작한 첫걸음

농안법 개정으로 열린 제도적 변화

1994년까지 나는 산지(産地)에서 직접 배추를 구매해
서울 가락시장(可樂市場) 등지의 채소 상인들에게 납품하는 일을 해왔다.
지금 돌아보면 참으로 거칠고 불안정(不安定)한 방식이었다.

정식으로 사업자(事業者) 등록도 하지 않은 채,
말 그대로 몸으로 부딪치며 거래(去來)를 이어갔다.
시세(時勢)는 매일 변했고, 사람 간 신뢰(信賴)가 전부였다.
계약서(契約書) 한 장 없이 거래가 이루어졌고,
하루하루가 변수(變數)의 연속이었다.

그런 나에게 전환점이 된 사건이 있었다.
1995년, 농수산물유통 및 가격안정에 관한 법률(農安法),
이른바 '농안법'이 개정(改正)된 것이다.
이 법 개정으로
나는 처음으로 정식 사업자등록증(事業者登錄證)을 발급(發給)받게 되었다.

'이제는 법 안에서, 떳떳하게 장사를 할 수 있겠구나.'

그 생각에 마음이 단단해졌다.

농업(農業)도, 유통(流通)도 이제는 제도(制度) 속으로 들어가야 할 때였다.

정식 등록이라는 그 한 장의 종이가

앞으로 내가 걸어가야 할 길을 바꿔놓았다.

보따리 장사에서 개인사업자 등록으로

사실 그전까지 나는 정확히 말하면 '보따리 장사'였다.

사업자등록도 없이, 말 그대로 장사를 해왔다.

세금도 없었고, 회계도 없었다.

그저 배추를 싣고 다니며 거래하고, 남은 돈을 수익(收益)이라 여겼다.

지금 돌이켜보면 참 위험(危險)한 방식이었다.

시장(市場) 상황이 안 좋으면 전부 손해였고,

거래처 하나만 어긋나도 타격이 컸다.

게다가 사업을 확장하려 해도 법적(法的) 기반이 없다 보니

신뢰를 얻기가 어려웠다.

농안법(農安法) 개정은 그런 나에게

'공식적인 상인(商人)'으로 거듭날 기회를 줬다.

처음 세무서를 찾아가 사업자등록 신청서를 쓸 때,

괜히 어깨가 으쓱했던 기억이 난다.

그날 이후 나는 비로소 '장사꾼'이 아니라 '사업자'가 되었다.
그 한 걸음이 얼마나 큰 변화였는지는,
시간이 흐를수록 더 깊이 느껴졌다.

사업자등록 이후, 변화의 준비를 시작하다

사업자등록증(事業者登錄證)을 발급받고 나서,
내 마음에도 작은 변화가 일기 시작했다.

겉보기엔 예전과 크게 다르지 않았다.
여전히 배추를 실어 나르고, 거래처를 오가며 장사에 몰두했다.
하지만 내부적으로는 달라졌다.
이제 나는 제도(制度) 안에 들어온 사람이었고,

나도 모르게 장사에 대한 책임감(責任感)이 달라졌다.
세무서에서 어떤 업종(業種)으로 등록했는지 정확히는 기억나지 않는다.
'채소 도매업(都賣業)'이었는지, '농산물 중개업(仲介業)'이었는지,
지금은 가물가물하다.
하지만 분명한 건, 그 등록증 한 장이 내게 준 자부심은 확실했다.

그때부터 나는 단순히 거래를 넘어,
하나의 시스템(system)을 만들어야겠다는 생각을 품기 시작했다.
판매만 잘하면 된다는 생각에서 벗어나,
생산부터 유통까지 흐름을 읽고 조율(調律)하는

감각이 필요하다고 느꼈다.

사업자등록은 법인(法人)은 아니었지만,
내게는 하나의 '정신적(精神的) 법인'과도 같았다.
책임 있는 운영(運營), 투명(透明)한 거래,
그리고 미래(未來)를 바라보는 시선
그 모든 변화는 이때부터 시작되었다.

2

미국 농장 견학과 유통 시스템 충격

현장의 충격이 남긴 새로운 시선

처음 마주한, 다른 세계의 농업

2000년대 초, 나는 미국 농장을 직접 견학할 기회를 얻었다.
처음엔 그저 견문(見聞)을 넓혀보자는 마음이었다.

그런데 막상 현장을 눈으로 보고 나니,
내 생각이 너무 짧았음을 절감(切感)하게 되었다.
그곳의 농업은 우리가 알던 방식과는 완전히 달랐다.
단순히 밭을 넓게 쓰고 기계를 많이 돌리는 수준이 아니었다.

생산부터 포장, 물류, 유통까지
전 과정이 하나의 시스템(system)으로 정돈되어 있었다.
작물은 크기와 상태에 따라 자동(自動)으로 선별되고,
포장재(包裝材)는 규격화(規格化)되어 한눈에 보기에도 신뢰감이 느껴졌다.

무엇보다 놀라웠던 건 운송 과정이었다.
우리처럼 트럭에 대충 싣고 덮개 하나 씌우는 방식이 아니었다.

전용 상자(箱子), 충격 방지 포장, 냉장 시스템까지 갖춘 유통망을 통해
농산물은 상처 하나 없이 도착했다.

그때 나는 절감했다. "우리는 아직 너무 멀었구나."
농업을 열심히 한다고 되는 것이 아니라,
'어떻게' 하느냐가 훨씬 더 중요하다는 걸 뼈저리게 느꼈다.

한국 유통의 변화, 그 중심에 서다

미국에서 돌아온 나는 당장 유통 방식부터 다시 보기 시작했다.
그동안은 상품(商品)만 잘 만들면 팔릴 줄 알았다.
그러나 이제는 '어떻게 전달하느냐'가
훨씬 더 중요하다는 걸 알게 된 것이다.

나는 포장 박스를 바꾸고, 규격(規格)을 맞췄다.
처음에는 농가와 상인들이 불편해했지만,
시간이 지나자 다들 그 필요성을 느끼기 시작했다.
상품이 더 깔끔하게 보이고, 운송 중 손상도 줄어들었다.

그만큼 신뢰도도 올라갔다.
유통은 단순히 물건을 옮기는 일이 아니다.
고객에게 감동을 전하고, 다음 거래로 자연스럽게 이어지는 연결고리다.
나는 미국에서 보고 느낀 것을 바탕으로
한국 유통도 충분히 바뀔 수 있다는 확신(確信)을 갖게 되었다.

사업 전환점이 된 미국 견학

돌아오는 비행기 안에서 나는 깊은 생각에 잠겼다.
그동안의 일들을 돌아보며,
앞으로는 조금 다른 방향(方向)이 필요하겠다는 마음이 들었다.

단순히 물건(商品)을 사고파는 것을 넘어서,
유통(流通)의 흐름을 미리 설계(設計)하고 준비(準備)하는 일이
더 중요(重要)하다는 것을 실감했다.

귀국 후, 나는 거래(去來) 방식을 하나하나 정비(整備)해 나갔다.
구두로 주고받던 약속(約束)을 문서로 정리했고,
서로의 기준(基準)을 분명하게 하는 데 집중했다.
처음에는 어색해하던 거래처(去來處)들도
곧 나의 방식을 이해했고, 오히려 더 깊은 신뢰를 보내주었다.

미국 견학은 단순한 경험(經驗)이 아니었다.
그건 내가 서 있는 위치(位置)를 돌아보게 했고,
앞으로 나아가야 할 방향에 하나의 이정표(里程標)가 되어주었다.

그때부터 나는 생각했다.
농업(農業)도 흐름을 읽고 먼저 준비한 사람이 중심(中心)에 선다.
그 후로는 세상(世上)과 기준을 맞추려는 노력을 시작했다.

3

기회, 좌절, 그리고 재기의 결심

다시 일어설 수 있었던 이유

뜻밖의 성공, 그러나 방심은 금물이었다

사업(事業)이란 참 묘하다.

잘될 때는 모든 게 쉬워 보인다.

하지만 무너지는 건 한순간이다.

그동안 쌓아온 자신감도 함께 흔들린다.

1995년과 1996년.

내 인생에서 가장 드라마 같았던 해였다.

농산물산지수집상(農産物産地收集商)으로

부지런히 일하며 신뢰(信賴)를 쌓았다.

그 결과, 10억 원이라는 큰 매출을 올렸다.

주변에서는 이제 성공했다고들 했다.

나도 그렇게 믿었다.

이제는 좀 숨을 돌려도 되겠구나 싶었다.

망설임의 대가는 컸다
기회를 놓친 시간, 그러나 배움으로 남다

그 무렵, 경기도 연천(漣川)의 땅이
평당 2만 원이라는 이야기가 들려왔다.
주변에서는 앞다퉈 그 땅을 사들였고,
앞으로 몇 배로 오를 거라는 전망도 있었다.

나 역시 가능성을 알고 있었다.
그러나 땅에 투자하는 일은 낯설었다.
준비되지 않은 선택을 쉽게 할 수는 없었다.
결국 그 땅은 다른 이들의 몫이 되었다.
얼마 지나지 않아 땅값은 크게 올랐다.
기회를 놓쳤다는 말이 실감으로 다가왔다.

한동안 마음이 복잡했다.
이런저런 생각이 머릿속을 스쳤다.
하지만 나는 길게 붙잡지 않았다.
내가 가야 할 길은 땅이 아니라, 사람과 신뢰를 다지는 일이었다.

그때 그 선택을 하지 않았다고 해서
내 길이 꺾인 것은 아니었다.
나는 다시, 나만의 방식으로 움직이기 시작했다.

동업자의 부도, 모든 것을 잃다
예상치 못한 추락, 끝은 아니었다

성공의 여운이 가시기도 전이었다.
뜻하지 않게 큰 위기가 닥쳤다.

함께 사업을 하던 동업자(同業者)가
카지노에 빠져 자금을 탕진했다.
결국 회사는 부도(不渡) 처리되었고,
나는 보증(保證)을 섰던 탓에 전 재산을 잃었다.

집도, 차도, 쌓아올린 거래 기반도 무너졌다.
게다가 3~4억 원의 빚까지 남았다.
믿었던 사람에게 등을 돌림당한 일은
돈보다 마음을 더 무겁게 했다.

그해 가을,
거리는 단풍으로 물들고 사람들은 소풍을 떠났지만
나는 어깨에 내려앉은 바람 한 줄기도
무겁게만 느껴졌다.

모든 것이 끝난 것 같았다.
그러나 그 끝에서 다시 마음을 추슬렀다.
주저앉지 않겠다고, 다시 해보겠다고.
작게라도 한 걸음을 떼겠다고.

다시 신뢰를 쌓는 길
하루하루 지켜낸 약속이 다시 나를 살렸다

망가진 걸음이지만 멈추지 않았다.
다시 움직이기 시작했다.
내게 남은 것은 돈이 아니었다.
사람들과의 약속, 그리고 신뢰(信賴)였다.

거래처가 다시 문을 열어줄지,
시장은 나를 받아줄지 알 수 없었다.
하지만 기다릴 여유는 없었다.
해야 할 일부터 시작했다.

밀린 대금을 하나하나 갚았다.
약속한 물량은 손해가 나더라도 보내드렸다.
그렇게 하루하루,
작은 신뢰가 다시 쌓이기 시작했다.

예전과는 방식도 달라졌다.
중개가 아닌 직접 구매.
산지에서 좋은 배추를 골라
철저히 선별하고 정직하게 출하(出荷)했다.
품질(品質)에 있어서도 타협하지 않았다.
수익보다 신뢰가 더 중요했다.

시간이 흐르자,

다시 전화가 오기 시작했다.

거래처들은 내가 달라졌다고 했다.

나는 그 말에 고개 숙여 감사드릴 수밖에 없었다.

함께 일어선 인연들
진심을 알아준 사람들과의 동행

진미식품(眞味食品)은

내가 재기할 수 있도록 손을 내밀어준 회사였다.

내가 얼마나 성실하게 일했는지를 기억하고 있었다.

거래가 다시 이어졌다.

일본(日本) 수출을 위한 납품을 맡았을 땐

긴장도 있었지만, 기대도 있었다.

기준은 까다로웠지만

나는 그만큼 정성을 다했다.

종가집과도 안정적으로 거래를 이어갔다.

품질, 성실함, 신뢰.(品質, 成實, 信賴)

내가 할 수 있는 모든 것을 최대한 정직하게 보여주었다.

그들은 그런 나를 받아주었다.

나는 다시 그들과 함께 걸어갈 수 있었다.

오늘을 만든 신뢰의 토대
지금도 이어지는 CJ와의 거래

CJ와의 거래는 또 다른 도전이었다.
대기업은 기준이 다르다.
품질 테스트, 납기, 포장, 서류까지
하나도 허술하게 넘길 수 없었다.

그 모든 절차를 통과한 뒤에야
비로소 납품이 가능했다.

하지만 나는 주저하지 않았다.
준비된 대로, 평소 하던 대로 했을 뿐이었다.
그 거래는 지금까지도 이어지고 있다.
하루 이틀이 아니라,
수년이 지나도 신뢰를 잃지 않은 관계다.

대기업 식품회사와 꾸준히 거래한다는 것은
쉬운 일이 아니다.
그 자체로 평가이고, 또 하나의 성취다.
그 신뢰가 쌓이고 쌓여
지금의 나를 만든 바탕이 되었다.

4

동반 성장과 나눔의 정신

오래 가기 위한 선택, 함께 가는 길

상생의 철학

나는 장사를 하면서 언제나
'같이 가야 오래 간다'는 말을 마음에 새기며 살아왔다.
유통(流通)이란 물건을 사고파는 일이지만,
그 본질은 결국 사람과 사람 사이의 신뢰에서 비롯된다고 믿었다.

농민들과 거래처, 운송업자, 직원들까지
그 누구도 소모품처럼 생각한 적이 없었다.
내가 조금 덜 가져가더라도 상대가 웃을 수 있다면,
그 거래는 성공한 것이라고 여겼다.

상생(相生)의 철학은 말로만 되는 게 아니었다.
상대가 어려울 때 조건을 낮추고,
잘될 때는 이익(利益)을 나누는 것.
그렇게 관계를 이어가다 보면
어느새 내 주변엔 '같이 갈 수 있는 사람들'이 남는다.

그건 수치(數値)로는 측정되지 않지만,
위기(危機)의 순간에 빛을 발하는 가장 든든한 자산(資産)이었다.

거래처 양보와 업계 신뢰

한 번은 더 나은 조건을 제시받은 일이 있었다.
새로운 업체가 기존보다 높은 단가를 제안하며 거래를 요청해왔다.
그러나 나는 기존 거래처와의 관계를 깰 수 없었다.
그들과 쌓아온 신뢰가 그 단가 차이보다 훨씬 더 값진 것임을 잘 알고
있었기 때문이다.

업계에서는 그런 내 선택을 보고 '고집이 세다'고 말하는 사람도 있었다.
하지만 나는 알았다.
지금 당장은 손해처럼 보여도,
그런 양보 하나가 오히려 더 큰 신뢰로 돌아온다는 것을.

정직하게, 성실하게, 약속을 지키는 것이
결국 가장 오래 가는 길이라는 사실을 나는 수없이 경험하며 살아왔다.
그런 신뢰들이 쌓이고 쌓여
진미식품, 종가집, CJ 같은 큰 거래처들과도
오랜 기간 안정적인 관계를 이어갈 수 있었다.

진정한 성공의 의미

성공(成功)이란 단순히 매출(賣出)이 오르고,
돈을 많이 버는 것을 뜻하지 않는다.
나는 그것보다 더 본질적인 것을 추구해왔다.

함께 일하는 사람들에게 신뢰(信賴)를 주고,
고객(顧客)에게는 믿음을 주며,
시장이 나를 알아주는 것.
그게 내가 생각하는 진짜 성공이었다.

돌이켜보면 위기(危機)도 많았고,
넘어질 뻔한 순간도 셀 수 없이 많았다.
그러나 그때마다 나를 일으켜 세운 건
돈(金錢)도, 물건(商品)도 아닌 '사람'이었다.

그래서 나는 지금도 사람을 먼저 본다.
거래처도, 고객도, 직원도.
그 안에 있는 사람을 신뢰하고, 이해(理解)하려 한다.

진심(眞心)은 결국 통한다.
그리고 진심에서 나오는 나눔(分與)은 반드시 다시 돌아온다.
그 믿음으로 나는 지금까지 걸어왔고,
앞으로도 그 길을 걸어갈 것이다.

"고객은 진짜 왕(王)일까?"

'고객은 왕이다(The Customer is King)'라는 표현은
세자르 리츠(César Ritz), 즉 '호텔의 왕(王)'이라 불린
리츠칼튼 호텔(Ritz-Carlton Hotel)의 창업자에게서 유래되었다.
그는 "고객은 절대 잘못하지 않는다(Le client n'a jamais tort)"며,
정당한 대가를 지불한 고객이라면 왕처럼 예우해야 한다고 말했다.

이 철학은 해리 셀프리지(Harry Selfridge),
존 워너메이커(John Wanamaker), 마샬 필드(Marshall Field) 등
소매업(小賣業)의 거장들에게 전파되며 오늘날까지 이어지고 있다.
하지만 그 본뜻은 '고객이 항상 옳다'는 맹목적인 복종이 아니었다.
'고객도 신사(紳士)여야 한다'는 전제가 있었고,
리츠칼튼은 결국 자사의 슬로건을 바꿨다.

"신사숙녀를 모시는 신사숙녀(Ladies and Gentlemen Serving Ladies
and Gentlemen)"
이 슬로건은 상호 존중(相互 尊重)의 철학을 말한다.
진정한 서비스란 상대방을 인간적으로 대할 때 완성되며,
고객의 태도 역시 그 품격을 함께 만들어간다.
요즘은 콜센터에서도 말한다.

"지금 고객님의 전화를 받는 직원도 누군가의 가족입니다."
그 한마디가 말해준다.
진짜 왕(王)은 고성을 지르지 않고,
진짜 귀족(貴族)은 예의를 잊지 않는다.

제10장

농업혁신,
시스템으로 농업을 경영하다

1

농업도 경영이다

농부에서 경영인으로, 농사를 운영하다

농민이 아닌 농업경영자로 살다

나는 손에 흙을 묻히며 밭을 일군 적은 없다.

하지만 누구보다

농업(農業)의 전 과정을 가까이에서 지켜보며 운영(運營)해왔다.

내 역할은 작물을 직접 재배(栽培)하는 것이 아니었다.

어떤 종자(種子)를 심을지, 언제 수확(收穫)할지,

어디에 어떻게 유통(流通)할지를 결정하는 사람이었다.

나는 농업을 경영(經營)의 관점에서 바라보았다.

어릴 적부터 농부(農夫)의 아들로 자랐다.

자연스럽게 계절의 흐름에 따라 밭일을 도왔고,

작물의 생리(生理)에 익숙했다.

그러나 그런 경험만으로는 부족하다는 것을 일찍 깨달았다.

농업도 하나의 산업(産業)이다.

직감(直感)에만 의존해서는 살아남을 수 없다.

농업을 산업으로 키우기 위해서는 계획(計劃)과 분석(分析),

그리고 끊임없는 관찰이 필요했다.

나는 현장을 누비며 배추 재배에 적합한 환경을 연구했다.
단순한 유통업자(流通業者)가 아닌, 농업경영인(農業經營人)으로 살아가고
자 했다.
농업의 본질(本質)을 꿰뚫고, 생산(生産)과 소비를 아우르는 전략(戰略)을
세우는 것이 내 역할이었다.

감과 과학의 균형

농사(農事)는 감(感)이 중요하다.
오랜 경험(經驗)에서 우러나오는
직관과 감각은 농사의 기본이었다.
나 또한 그 가치를 무시하지 않았다.

하지만 시대는 변하고 있었다.
기후(氣候)와 토양(土壤), 품종(品種)과 시장(市場)까지
고려해야 할 조건(條件)이 많아졌고,
단순한 감만으로는 안정적인 농업 경영이 어려웠다.

그래서 나는 감과 함께 과학을 병행하기로 했다.
감은 방향을 잡아주는 나침반이라면,
과학은 그 방향을 검증(檢證)하고 구체화(具體化)해주는 도구였다.

나는 두 가지를 모두 존중(尊重)했다.

경험에서 오는 감은 판단(判斷)의 기초가 되었고,

과학은 그 판단을 현실로 만들어주는 기반이 되었다.

이 둘의 균형(均衡)이

바로 내가 지향한 농업 경영의 핵심(核心)이었다.

데이터를 통한 농업 시스템 정립

예를 들어, 어떤 종자가 병에 강한지,

비료(肥料)는 어느 시기에 얼마나 주는 것이 효과적인지,

해충(害蟲)은 언제 기승을 부리는지,

토양의 수분(水分)과 일조량(日照量)은 어떻게 변하는지—

이 모든 요소가 작물의 품질(品質)과 생산량(生産量)을 결정짓는다.

나는 이런 요소들을 감에만 의존하지 않고,

체계적으로 파악하고 분석하려고 노력했다.

토양을 분석하고, 기후 데이터를 모았으며,

해마다 작황 결과를 기록해 비교했다.

실험(實驗)과 관찰을 반복한 끝에,

배추가 가장 잘 자라는 환경과 조건을 찾아낼 수 있었다.

농업은 더 이상 자연에만 맡겨둘 수 있는 일이 아니었다.

정확한 수치와 데이터, 계획과 실행이 어우러져야

예측(豫測) 가능한 수확과 안정적인 품질을 얻을 수 있었다.

나는 그 믿음을 바탕으로

농업을 관리(管理)하고 운영하는 시스템(system)을 만들어갔다.

비록 내가 직접 농사를 짓지는 않았지만,

농사의 흐름과 본질을 누구보다 깊이 이해(理解)하고 있어야 했다.

농업을 경영한다는 것은 단순한 유통을 넘어서,

생산과 환경(環境),

사람과 시장을 함께 읽는 통찰(洞察)과 전략이 필요한 일이었다.

기존 농업의 한계를 넘어서다

농업의 틀을 바꾸는 첫 실험

품질 불균형과 유통 비효율의 구조

전통적인 농업 구조는 개별 농가 중심이었다.
농민(農民) 각자가 제각기 농사를 짓고,
도매상(都賣商)에 넘기는 구조였지만
이로 인해 품질(品質)의 일관성이 무너졌다.

밭에 따라 크기나 맛이 달랐고,
기상조건에 따라 수확물의 품질 차이도 심했다.
공급량의 불균형은 가격 폭락과 급등을 반복하게 했다.

결국 소비자(消費者)와 농민 모두에게 손해(損害)가 돌아갔다.
이 악순환(惡循環)은 단순한 개인의 문제가 아니라,
농업 전체의 구조적 한계였다.

• 개별 생산 → 품질 균일성 무너짐
• 시장 가격 불안정 → 수익 불확실성 심화
• 유통 구조의 비효율 → 전체 산업 신뢰 하락

새로운 시스템의 필요성

전통적인 농업은 개별 농민(農民)의 경험과 판단에 의존하는 구조였다.
하지만 품질의 균일성과 수익 안정성을 확보하기에는 한계가 컸다.
나는 그 문제의 원인을 단순한 기술 부족이 아니라
통합된 관리 시스템 부재에서 찾았다.

따라서 누군가가 종자(種子) 선택부터 유통(流通)까지
전체를 조율(調律)하고 지도하는
체계적 농업 시스템을 설계할 필요가 있다고 판단했다.

가장 먼저 나는 좋은 품종(品種) 선별에 집중했다.
병(病)에 강하고, 저장성(貯藏性)과
맛이 뛰어난 종자를 시험(試驗) 재배하며
그 결과를 토대로
농가(農家)에 적합한 품종을 추천(推薦)하고 보급(普及)했다.

• 기존 농업은 개별 농가 중심 → 품질·수익 불안정 심화
• 문제 원인: 전체를 통합 관리할 시스템 부재
• 해결책: 병에 강하고 수요 적합한 품종 선별 및 보급

생산부터 수확까지, 체계적 농업의 실천

품종 선별 이후에는 생산 환경의 정밀한 조정이 필요했다.
나는 토양 상태를 분석하고, 비닐 멀칭(mulching)을 활용하여
수분(水分)을 유지하고 잡초 발생을 억제(抑制)했다.
이는 작물 생육을 보다 안정적(安定的)으로 만들었다.

또한 비료(肥料)와 농약(農藥)은 시기와 양을 표준화해
성장 단계(成長 段階)에 맞춰 조절함으로써
비용을 절감하고 품질을 균일화했다.

마지막으로 수확 시점은 시장 수요와 유통 상황을 고려하여 정했다.
그 결과, 같은 품종이라도 내 기준에 따라 수확한 농가는
평균 단가에서 확연한 차이를 보였다.

이러한 관리 방식은 생산부터 유통 전 과정에서
품질의 안정성과 가격의 예측 가능성을 높였다.
바로 이것이
내가 실현하고자 했던 농업 시스템의 출발점(出發點)이었다.

• 멀칭 등 토양 환경 관리 → 생육 안정화
• 시기·양 기준에 따른 비료·농약 사용 → 품질 균일화
• 시장 분석 기반 수확 조절 → 단가 향상, 유통 최적화
• 생산~유통 전 과정 통합 → 예측 가능한 농업 실현

3

체계적 농업 시스템의 구축

데이터로 짓는 농사, 예측 가능한 수확을 위하여

종자 선택의 기준

농업(農業)은 종자(種子)에서 시작된다.

어떤 씨앗을 선택하느냐에 따라 작물의 성패(成敗)가 좌우된다.

나는 시장의 인기 품종보다 지역 환경과 유통 방식에 맞는 종자를 선별하는 데 집중했다.

농가와 함께 수십 종의 시험 재배(試驗栽培)를 진행하면서

가장 안정적이고 상품성 높은 품종을 찾아냈다.

- 지역별 토양(土壤)·기후(氣候)에 맞는 품종 선별
- 병(病)에 강하고 저장성(貯藏性)·맛이 우수한 종자 선택
- 농가와 협력하여 현장 기반 시험 재배 실시
- 종자 선택은 단순한 시작이 아닌 전 과정의 설계 기초

토양과 환경의 정밀관리

좋은 종자만으로는 작물의 안정적인 생육을 보장할 수 없다.

그 종자가 자랄 환경 역시 중요하다.

나는 비닐 멀칭(mulching) 등 과학적인 재배 기법을 도입하여
수분 유지, 잡초 방지, 흙 유실 감소 등의 효과를 얻었다.
비료(肥料) 성분도 작물과 지역 특성에 맞춰 조정하며
표준화된 재배 매뉴얼을 개발하는 데 힘썼다.

• 토양 상태 정기 점검 및 멀칭 기법 활용
• 수분 유지 및 잡초 억제 → 생육 안정화
• 지역·작물별 맞춤형 비료 성분 구성
• 표준화된 재배 지침 마련으로 반복 가능성 확보

비료·농약 사용 지침

비료와 농약(農藥)은 많이 준다고 좋은 것이 아니다.
성장 단계에 맞춘 '적시에 적정량' 사용이 핵심이다.
작물 생육 상태를 주기적으로 관찰하여
불필요한 자재 낭비를 줄이고, 품질 균일성을 높였다.
농민에게는 비용 절감, 소비자에게는 신뢰 제공으로 이어졌다.

• 생육 상태에 따른 비료·농약 사용 시점 구분
• '필요할 때 필요한 만큼만' 투입 원칙 적용
• 품질(品質) 균일성 확보 및 비용 절감 효과
• 관리되는 농업의 신뢰 기반 마련

수확 시점과 시장 분석

수확(收穫)은 단순히 작물이 다 자랐다고 판단해서는 안 된다.

시장(市場)의 수요(需要)와 유통 상황을 고려한 출하 시기 조정이 필수다.

나는 매주 시장 상황을 점검하고 유통업체와 긴밀히 소통하며

적절한 시기를 찾아 수확을 유도했다.

그 결과, 같은 품종이라도 수확 시기를 달리한 농가의 평균 단가 차이가

분명히 나타났다.

• 수확 기준: 생육 + 시장 가격 동향 + 경쟁 품목 확인

• 주간 단위 시장 점검 및 수요 분석 기반 결정

• 수확 시점 조정 → 단가 상승 및 유통 효율 증대

• 농업은 과학이며, 동시에 경영이라는 사실 재확인

계약재배, 170만 평의 신화(神話)

신뢰를 건 베팅, 책임으로 완성한 약속

전국 농가와의 협력

170만 평.

그 숫자는 단순한 면적이 아니었다.

수백 농가의 땀과 약속, 그리고 나의 전략이 함께 담겨 있었다.

그 자체로 하나의 신화(神話)였고,

농업과 유통을 함께 기획한 시스템 경영의 대표 사례였다.

나는 전국의 농가들과 계약을 맺었다.

품종 선정부터 재배 방식, 수확 시기까지 함께 계획했다.

단순한 구매가 아니라, 함께 짓고 함께 나누는 협력(協力)의 농업이었다.

가장 먼저 시작한 곳은 전남 해남이다.

겨울에도 땅이 얼지 않는 이 지역은 봄배추 재배에 특히 적합했다.

재배면적은 빠르게 늘었고,

3월부터 6월까지 안정적으로 배추를 공급할 수 있었다.

현장 중심 경영

2022년 봄, 나는 해남 계약재배 현장을 직접 찾았다.

『농수축산신문』은

"봄배추 재배지 해남을 가다"라는 제목의 르포 기사를 통해

담당자와 함께 포전(圃田) 상태를 점검하고

출하 일정을 논의하는 나의 모습을 보도했다.

그 기사는 단순한 방문이 아닌,

현장에서 발로 뛰며 농업을 기획하고 관리하는

나의 실천 철학을 담은 생생한 기록이었다.

이후 계약재배는 청송, 영양, 대관령, 예산 등 전국 각지로 확대되었다.

나는 지역의 기후와 토양에 맞춰 품종을 선정하고

농가와 함께 '함께 성장하는 시스템'을 구축해 나갔다.

이 과정에서 활용된 중요한 방식이 바로 '포전거래(圃田去來)'였다.

밭에서 수확 전 농산물을 계약하여 일괄 매입하는 구조로,

계약금 선지급을 통해 농가에 자금을 미리 제공하고,

유통인은 출하 시점을 조율할 수 있는 유연함을 갖게 되었다.

이러한 현장 기반 방식은 계약재배로 확장되며,

170만 평 규모의 농업 경영 모델로 발전해갔다.

신뢰의 자산화

무엇보다 중요했던 건 '신뢰(信賴)'였다.

약속은 반드시 지켰고,

문제가 생기면 먼저 현장을 찾았다.

그렇게 농가들은 하나둘 내 손을 잡았고,

마침내 전국 곳곳에서 계약재배가 안정적으로 운영되기 시작했다.

그건 단순한 확장이 아니었다.

계획된 자연의 조화,

한 폭의 시(詩) 같은 일이었다.

그리고 그것은 곧 농업의 미래를 미리 기획하는 선물거래(先物去來)였다.

[르포] 봄배추 재배지 해남을 가다

△ 박현렬 기자 | ⓒ 입력 2022.05.12 14:00 | 🗔 호수 4011 | 📄 10면 | 🗨 댓글 0

해남, 봄배추 재배면적 증가...대부분 김치공장 등에 납품
3년전부터 해남 봄배추 재배 증가
매년 3~6월 재배농작물 많지 않고 다른 지역보다 농지임대료 저렴
농가수익 올릴 수 있는 품목 한정돼
비교적 저장·출하 용이해

[농수축산신문=박현렬 기자]

박성수 이사와 최해든나라 과장이 봄배추 포전에 대해 이야기하고 있다.

농업이라는 이름의 '미래 베팅(betting)'

나는 계약재배를 통해, 늘 '미래를 향한 선(先)투자'를 선택해왔다.

계약을 맺는 순간, 나는 아직 씨도 뿌려지지 않은 땅에 자금을 거는 셈이었다.

작물이 자라지도 않은 상태에서, 그 작물의 결과와 시장 흐름,

그리고 농가의 책임감과 신뢰를 믿고 먼저 자금을 지급하는 구조였다.

계약 방식은 평균적으로

파종 6개월 전, 전체 계약 금액의 30~40%를 선지급하는 형태였고,

50% 이상을 선투자해야 할 때도 있었다.

심지어 1년 전부터 계약을 체결하는 경우도 있었다.

이는 단순한 계약이 아니었다.

농사의 시작조차 되지 않은 시점에,

그 해의 자연과 사람, 시장을 예측하고 투자하는 '미래 베팅(betting)'이었다.

누가 이런 불확실한 선택을 선뜻 할 수 있을까.

하지만 나는 늘 그 길을 걸어왔다.

그래서 나는

스스로를 '선물거래 베팅사(先物去來 betting trader)'라 여긴다.

아직 아무것도 시작되지 않은 그 땅 위에서,

자연의 흐름과 사람의 신뢰를 믿고 먼저 움직여온 시간들.

그것이 곧 나의 농업이었고, 나의 길이었다.

기후, 병해충, 시장 가격 등

그 어떤 변수도 예측할 수 없는 조건 속에서도,

나는 늘 신뢰와 책임을 자본처럼 안고, 미래를 향해 먼저 걸어왔다.

이 방식이야말로,
농업의 미래를 미리 설계하고 실천하는 구조다.
그리고 농가와 유통인이 함께 만들어가는,
지속가능한 농업 시스템의 진정한 모델이라 나는 믿는다.

수급 조절과 품질 관리의 체계 확립

규모가 커질수록 관리도 정교해져야 했다.
무엇보다 '품질(品質)'과 '수급(需給)', 이 두 가지는 절대 놓쳐서는 안 되는 핵심이었다.

나는 계약 농가마다 표준 품종 기준과 재배 매뉴얼을 제공했다.
언제 어떤 농약을 사용할지, 수확은 어느 시기에 할지까지
세세한 항목까지 함께 조율해나갔다.
농가는 그 기준에 따라 농사를 지었고,
따라가기만 해도 일정한 품질을 유지할 수 있었다.
이는 소비자 신뢰를 얻는 가장 중요한 기반이 되었다.

출하시기 분산 전략

또한 수급 조절을 위해 지역별 출하시기를 분산시켰다.
겨울에는 해남, 진도, 봄에는 영양, 청송, 여름에는 평창, 대관령 고랭지.
이렇게 계절에 맞춰 출하가 이어지게 함으로써

시장에 한꺼번에 물량이 몰리는 일을 막았다.

결과적으로 가격 폭락(價格暴落)을 줄이고,
공급의 안정성과 농가의 소득을 함께 지킬 수 있었다.

계약재배는 단순히 밭을 빌리고 작물을 받아오는 방식이 아니었다.
정밀하게 설계된 생산, 철저하게 관리된 품질,
그리고 시장을 향한 명확한 방향성이 뒷받침되어야
비로소 하나의 '시스템'이자 전략이 될 수 있었다.

그 안에는 농업을 '경영(經營)'으로 바꾸어 나간
나의 실천과 도전이 고스란히 담겨 있었다.

농업 경영 시스템의 혁신과 성과

나는 단 한 평의 땅도 소유하지 않았다.
그러나 전국 곳곳의 농가들과 계약을 맺고,
거대한 규모의 농사를 기획하고 운영해냈다.

신뢰로 구축한 공동 경작의 모델

계약재배는 단순히 농산물을 확보하는 수단이 아니었다.
기획 → 계약 → 생산 → 수급 조절 → 유통까지
모든 과정을 하나로 묶은 농업 경영 시스템이었다.
나는 각 지역의 기후, 토양, 물류 여건을 분석했다.

출하시기와 수요 예측을 기반으로
언제, 어디서, 무엇을 재배할지 철저히 설계했다.

지역별 계약재배 현황

- 전남 해남, 진도: 총 60만 평 (春15만 평, 秋45만 평)
- 경북 영양, 봉화, 청송 : 총 40만 평 (春· 秋 각 20만 평)
- 강원 평창, 대관령: 총 25만 평 (배추 15만 평, 무 10만 평)
- 충남 예산: 하우스 재배 5만 평

이렇게 구축된 계약재배 시스템은
전국의 농지를 하나의 공동 경작지(共同耕作地)처럼 운영하게 만들었다.
각 지역의 특성과 시기를 활용해
시장 공급을 조절하고 품질을 일정하게 유지할 수 있었다.

매출 규모와 신화의 실체

연간 계약재배 면적은 약 170만 평(坪)에 달했다.
지역과 품목에 따라 차이는 있었지만,
전체 출하량은 연평균 약 5만 톤 규모였다."

출하 단가를 평균 600원으로 계산하면,
연간 매출은 약 300억 원에 이르렀다.
이는 단순한 성장이 아니라,
계획(企劃)과 신뢰(信賴), 그리고 협력(協力)으로 만들어낸
산업형 농업 경영(經營)의 대표적 모델이었다.

기존 농업이 자연에 의존한 생계형 구조였다면,

나는 과학과 데이터, 전략과 경영으로 농업의 패러다임을 바꾸고자 했다.

농업도 분명한 경영이다.

그리고 그 경영은 땅이 아니라, 신뢰와 기획이 바탕이 되어야 한다.

나는 그 가능성과 '베팅(betting)'의 가치를

실제 170만 평 규모로 증명해내고자 했다.

책갈피　　밭에서 시작된 유통의 지혜 – 포전거래(圃田去來)

– '포전거래(圃田去來)'란?

포전거래(圃田去來)는 수확 전에 밭에서 농산물을 미리 계약하여 거래하는 일명 '밭떼기 거래'다. 무, 배추, 마늘, 감자 등 **가격 변동이 큰 작물**에 주로 사용되며, 기상이나 인력 확보가 중요한 작물에도 효과적인 방식이다.

이 방식은
- **생산자에게는** 가격 폭락 위험을 줄이고 자금을 미리 확보할 수 있는 **안정장치**가 되고,
- **유통인에게는** 물량을 조기 확보하고 출하시기를 조절할 수 있는 **전략 수단**이 된다.

보통 계약금 일부를 선지급하고, 잔금은 수확 전에 정산한다.

이후 이 구조는 계약재배(契約栽培)로 확장되어,

품종·재배 방식·수확 시점까지 미리 설계 가능한 시스템으로 발전하였다.

▸ **포전거래와 계약재배는 단순한 유통이 아니라,**

　농업의 산업화를 이끄는 기획 전략이다.

농업 혁신, 선택과 결단의 연속

더디지만 바른 길을 택한 시간들

전략적 기획과 리스크 대응

농업은 언제나 변수와 마주한다.
날씨가 한번만 흔들려도 상황이 바뀐다.
병해충도 마찬가지다.
가격의 변동 또한 농사를 송두리째 흔들 수 있다.
그래서 계획은 더 치밀해야 했고,
준비는 더 철저해야 했다.

나는 농업을 경영이라고 생각했다.
경영이란 결국 '예측(豫測)하고, 대비(對備)하고, 선택(選擇)하는 것'이다.
어떤 품종(品種)을 심을 것인지,
어디에 얼마만큼 분산(分散)할 것인지,
어떤 시기에 출하(出荷)할지
모든 것은 시나리오로 움직여야 했다.

실제로 기상이변(氣象異變)이나 병해충, 유통·물류 문제로
큰 위기를 겪은 적도 있다.

그러나 나는 항상 두세 걸음 앞을 보며
'플랜 B'를 준비해두었다.

한 지역에 문제가 생기면
다른 지역이 보완(補完)할 수 있게 하고,
시장 가격이 흔들릴 땐
출하 시점을 조정하며 유동성 있게 대응했다.

리스크(risk)는 사라지지 않는다.
그러나 그것을 최소화할 수 있는
준비와 전략은 충분히 가능하다.
나는 그 가능성에 집중했다.

지속가능성을 위한 도전

농업에서 단기 성과는 의미가 없다.
한 해 농사가 잘됐다고 해서,
다음 해도 그럴 거라는 보장은 없다.
그래서 나는 언제나
'지속가능성(持續可能性)'이라는 키워드를 놓지 않았다.

지속가능하다는 것은 단순히
땅(土地)이 비옥하다는 뜻만은 아니다.
그보다 더 중요한 건, 사람이 남아야 하고,

농가(農家)가 함께 가야 하며,
소비자(消費者)와 시장(市場)도 그 흐름 안에 있어야 한다는 것이다.

나는 늘 생각했다.
"지금 내가 하는 방식이, 10년 뒤에도 통할 수 있을까?"
그 질문에 스스로 '예'라고 답할 수 있어야
비로소 그 길을 선택했다.

그래서 단가를 높이기 위해
무리하게 밀어붙이는 일을 하지 않았다.
유통업체(流通業體)와도 상생할 수 있는 조건을 제시했다.
농가에는 최소한의 수익(收益)이 보장되도록,
항상 먼저 가격 협의를 시작했다.

이윤(利益)보다 신뢰(信賴), 단기(短期)보다 장기(長期).
이 두 가지 원칙은 나의 농업 경영을 이끌어온 핵심 기준이었다.
농업은 혼자서 만드는 것이 아니다.
함께 가야 한다. 오래 가기 위해서는,
더디더라도 바르게 가야 한다.
나는 그 길을 선택(選擇)했고, 후회(後悔)한 적이 없다.

제11장

조직과 공동체,
더 큰 세상을 향한 발걸음

1

청목회 – 한국 농산물 유통 혁신의 뿌리

현장 중심의 자율 협력, 유통 개선의 첫걸음

유통 구조의 한계를 체감하던 시절

1990년대 초반.

한국의 농산물 유통 시장은 혼란 그 자체였다.

지금처럼 체계적이고 효율적인 유통망(流通網)은 없었다.

대부분의 상인(商人)들은 말 그대로

맨땅에 헤딩하듯 시장을 떠돌았다.

농민(農民)들이 땀 흘려 수확한 무, 배추 같은 신선 채소는

산지를 떠나 대도시로 향했지만,

그 유통 과정은 매우 불안정했고 비효율적이었다.

상인들은 새벽부터 산지를 돌며 물건을 확보했다.

그리고 가락시장이나 각지의 소비지 시장으로

직접 운반해 판매했다.

모든 과정은 정형화(定型化)되지 않았다.

말 그대로 '보따리장사'처럼,

모든 위험과 책임을 개인이 온전히 짊어지는 구조였다.

이런 한계를 현장의 모든 유통인(流通人)들이
직접 피부로 느끼고 있었다.

청록회의 창립과 조직화의 시작

"이대로는 안 된다."
그런 공감대가 쌓이던 무렵,
1994년, 전국 각지에서 활동하던 유통인 17명이 뜻을 모았다.

그때 결성된 조직이 바로 '청록회(靑綠會)'였다.
이 모임은 단순한 계모임이나 친목단체가 아니었다.
서로가 가진 유통의 문제를 공유하고,
함께 변화와 개선을 모색하자는 실질적(實質的) 목적을 가진
민간 주도의 유통 혁신 조직이었다.

가락동 법원 앞의 작은 사무실에서 시작된 청록회는
곧 전국 단위 조직으로 성장했다.

초대 회장은 임재형 대표가 맡았다.
2005년부터 2015년까지는 내가 회장을 맡아 운영했다.
그 시기 청록회의 핵심 운영과 성장에 깊이 관여할 수 있었다.
그 이후에는 송현수 대표가 바통을 이어 받아

지금까지 회장직을 맡고 있다.

청록회의 지향과 활동 목표

청록회는 단순한 모임을 넘어
한국 농산물 유통의 체계를 바꾸겠다는 의지를 품고 있었다.
다음과 같은 네 가지 목표를 중심으로 활동을 전개했다.

• 첫째, 농산물 유통의 체계화(體系化)
　→ 자율·개인 방식에서 조직적 시스템으로 전환
• 둘째, 상인 간 협력(協力) 강화
　→ 경쟁보다 협력으로 시장 안정 확보
• 셋째, 농업인과 유통인의 상생(相生)
　→ 생산자와 유통자 간 신뢰(信賴)와 공동 성장 추구
• 넷째, 농산물 가격 안정화(價格 安定化)
　→ 수급 조절을 통해 급등락 방지

이러한 지향점은 기존 유통 방식 전체를 흔드는
작지만 강력한 변화의 시작이었다.

청록회가 만들어낸 변화 – 유통 시스템 혁신

정보 공유에서 실천으로

청록회(靑綠會)는 시간이 흐를수록
단순한 정보 교류 모임 이상의 의미를 갖게 되었다.
이제는 유통 현장을 바꾸는
실질적인 실천의 장이 된 것이다.

먼저 회원들 간 정보 공유 시스템을 만들었다.
산지 정보, 수급 상황, 시장 시세 등을
실시간으로 공유했다.

이러한 공유는
불필요한 경쟁과 과잉 출하(過剩 出荷)를 막아주었다.
그 결과 손실을 줄이고,
전체적인 수익(收益) 구조를 안정화하는 데 기여했다.

공동 물류와 품질 균일화

또 하나 큰 변화는
공동 물류 시스템의 도입이었다.

이전에는 각 유통인이
개별적으로 산지에서 물건을 가져와 판매했다.
그러다 보니 비용은 많이 들고 품질은 들쭉날쭉했다.
청록회는 회원 간 공동 출하(共同 出荷)를 시도했다.

물류(物流) 효율을 높이고,

품질을 균일화(均一化)하는 데 효과가 있었다.

제도화의 필요성과 정부 협력

물론 모든 일이 순조롭지는 않았다.

민간 자율 조직으로서 청록회는 제도적(制度的) 한계를 분명히 느꼈다.

공식적 기반이 없이 전국 유통 구조를 바꾸기에는 벽이 많았다.

그래서 우리는

정부와의 협력(協力) 필요성을 절실히 체감했다.

민간(民間)의 의지와

정부(政府)의 제도적 뒷받침이 함께 가야 한다는 결론에 이르렀다.

그 결과, 청록회는

농림부(農林部) 간담회, 국회(國會) 방문 등 정책 회의에

의견을 제시하기 시작했다.

제도 개선(制度 改善)을 촉구하는 역할도 함께 수행했다.

이러한 활동은 훗날

한국농업유통법인중앙연합회(韓農聯)와

한국신선채소협동조합 설립의 배경이 되었다.

청록회는 비록 공식 법인(法人)은 아니었지만,

이 땅의 유통 구조를 움직이게 한 기폭제(起爆劑)이자

정신적 기반(基盤)이었다.

나의 롤모델, 송현수 대표와의 인연

청록회 활동을 하며 많은 사람을 만났지만,
그중 나에게 가장 큰 영향을 준 이는 단연 송현수 대표였다.
그는 단순한 유통인이 아닌,
언제나 더 멀리 보고 넓게 생각하는 사람이었다.

농산물(農産物) 유통의 구조적(構造的) 문제를
정확히 이해하고 있었고,
현장 경험(現場 經驗)에서 나오는 현실 감각도 탁월했다.
사실 나는 그를 통해
농산물 유통의 세계에 본격적으로 발을 들이게 되었다.

그는 내 고향 선배이기도 했다.
시장과 산지(産地)를 누구보다 잘 아는 베테랑이었다.
나는 그의 곁에서 하나하나를 배워나갔다.

언제, 어느 시기에, 어떤 작물을 어떻게 유통해야 할지.
시장 흐름은 어떻게 읽어야 할지.
거래처와는 어떤 신뢰(信賴)로 관계를 맺어야 할지
모든 것을 몸으로 익혀가며 오늘의 나를 만들 수 있었다.

그의 리더십은 조직 운영에서도 그대로 나타났다.
그가 회장직을 맡은 이후, 청록회는 더욱 체계화(體系化)되었다.
공식 조직들과의 연결도 활발해졌다.

나에게 송현수 대표는 단순한 스승도, 선배도 아니었다.

그는 내 삶의 방향을 바꾸어준 길잡이이자 동반자(同伴者)였다.

 책갈피　　　코이의 법칙 – 가능성은 환경에서 자란다

비단잉어, 코이(Koi)는 자라는 환경에 따라

크기가 달라진다고 한다.

작은 어항에선 10cm 남짓, 넓은 연못에서는 90cm까지 자라난다.

같은 물고기라도

어디에 놓이느냐에 따라 전혀 다른 크기로 성장한다.

이것이 바로 '코이의 법칙'이다.

사람도 마찬가지다.

어떤 환경에서, 누구와 함께하느냐에 따라

생각의 깊이도, 삶의 방향도 달라진다.

그릇이 넓어지면, 시야도 함께 넓어진다.

곁에 있는 사람, 머무는 자리, 바라보는 목표…

그 모든 것이 결국, 나의 크기를 결정한다.

2

한국농업유통법인중앙연합회의 창립과 발전

정책과 현장을 잇는 전국 조직의 시작

전국농산물산지유통인연합회의 창립

청록회(靑綠會)를 중심으로

뜻을 함께한 유통인(流通人)들이 점차 하나둘 모이기 시작했다.

그러면서 민간 차원의 변화만으로는 한계가 있다는 사실이 분명해졌다.

전국 농산물 유통 구조를 바꾸기 위해서는

제도적(制度的) 기반이 필요했다.

현장의 유통인과 농업인(農業人)이 주체가 되어

제대로 된 전국 조직을 만들어야 한다는 공감대가 형성되었다.

그 시기 나는 청록회에서 활동하며

여러 지역 유통인들과 교류하고 있었다.

현장의 어려움과 정책 지원의 필요성을 누구보다 절감하고 있었다.

그 흐름 속에서

1995년 6월 22일,

전국의 산지 유통인 약 12,000명이 참여해

전국농산물산지유통인연합회가 창립되었다.
청록회의 핵심 멤버들이 실무를 주도했고,
나 역시 창립 멤버로서 조직 구성과 현장 연결망 확대에 적극 참여했다.

지역 네트워크 확산과 체계화

창립 선언문에서는
"2000년대 복지 농촌 건설과 선진 유통의 구현"을 비전으로 삼았다.
핵심 목표는 세 가지였다.

• 농업인의 소득 안정(所得 安定),
• 유통 구조의 개혁(改革),
• 국제 경쟁력 강화 및 정부 제도 개선.

연합회는 2011년 6월
한국농업유통법인중앙연합회로 명칭을 바꾸었고,
줄여서 '한유련(韓流聯)'이라 부르게 되었다.

서울, 경기, 충남, 경북, 전남 등 주요 산지 지역에는
법인 중심의 지회 조직이 형성되었다.
현장의 의견을 수렴하고 공동 의제를 실현할 수 있는
실질적인 협력 구조도 마련되었다.

나는 창립 실무자로서

지회 간 협의체 구성과 유통 정책 전달 체계 정비 등에 깊이 참여했다.
이후 한유련은 정책과 현장을 잇는 전국 조직으로 자리매김하게 되었다.

정책 실천과 유통인의 사회적 역할

한유련은 단순한 유통 연합체가 아니었다.
현장의 목소리를 정책에 반영하고
실질적인 행동에 나서는 정책 실천 단체로 활동해왔다.

그 대표적 사례가 중국산 김치 반대 운동이 있었다.
당시 중국산 김치가 국내 시장을 빠르게 잠식하며
국산 농산물의 설 자리를 위협하고 있었고,
위생 문제, 원산지 둔갑, 가격 왜곡 등 복합적인 문제가 이어졌다.

한유련 내부에서도 심각성이 공유되었다.
나는 간담회와 회의 자리에서 이 문제에 대해 함께 논의했고,
"이제 유통 현장도 목소리를 내야 한다"는 공감대를 가졌다.

중앙회는 언론, 국회(國會), 농림부(農林部)를 찾아가
정책 대응과 제도 개선을 요구했다.
나 역시 현장에서 그 흐름을 지켜보며
정책이란 것이 결국 현장의 실태에서 출발한다는 것을 체감할 수 있었다.

이 과정을 통해 나는 실감할 수 있었다.

이제는 유통 현장에 있는 사람들도
단순한 실무자나 중간 상인이 아닌,
농업 정책(農業政策)의
이해당사자이자 목소리를 내는 주체가 되어야 한다는 것.
한유련의 활동은 그런 전환의 계기를 만들어주었다.

디지털 전환과 지속 가능성 전략

시대의 흐름에 따라 유통 환경도 빠르게 변화했다.
오프라인 중심의 거래 구조는
온라인 플랫폼과 디지털 시스템 중심으로 바뀌었고,
이제는 정확한 수요 예측,
데이터 기반의 유통 전략이 중요한 시대가 되었다.

한유련도 이러한 흐름에 발맞춰

• 거래 자료 전산화(電算化),
• 실시간 시세 공유,
• 법인 단위 데이터 분석 시스템 등을 도입하기 시작했다.

나는 실무를 직접 주도하진 않았지만,
그 흐름을 지켜보며 디지털 전환의 중요성을 깊이 느꼈다.
감(感)과 경험만으로는 부족하다는 것,
이제는 수치(數値), 데이터, 예측 기반의 경영이 필요하다는 것을 실감했다.

이러한 시스템은

농업 유통의 안정성(安定性)과 지속 가능성(持續可能性)을 높이는 기반이

되었다.

한유련은 단순한 협회가 아닌,

농업 유통의 미래를 준비하는 전략 기지로 나아가고 있었다.

30주년 정기총회, 그리고 새로운 다짐

2025년 한국농업유통법인중앙연합회는

창립 30주년(創立30周年)을 맞이했다.

나는 여전히 회원으로서,

그리고 창립 멤버로서 이 자리에 함께했고,

그간의 길을 되돌아보며 새롭게 다짐할 수 있었다.

aT 홍문표 사장, 농림부 관계자,

전국 각지 유통 법인 대표들이 한자리에 모였다.

이날 총회에서는 다음과 같은 이슈가 논의되었다.

• 기후변화 시대의 유통 전략

• 민관 협력 수급 체계

• 물류기기공동이용지원사업

나는 이 자리를 통해

앞으로도 농업인(農業人의) 부가가치(附加價値)를 높이고,

소비자에게는 더 좋은 농산물(農産物)이 안정적으로 공급되도록
현장의 한 사람으로서 끝까지 노력할 것을 마음속으로 다짐했다.

한유련 30주년 정기총회 기념촬영

"산지유통인, 이제는 농정(農政)의 파트너"

산지유통인(産地流通人)은 농촌에서 농산물을 수확 직후 구매하여,
시장이나 도매처로 연결하는 유통의 최전선에 있는 사람들이다.
과거 '수집상'이라 불리며 음성적 구조에 머물렀지만,
이제는 계약재배, 수확, 출하까지
현장 전반을 책임지는 주체로 바뀌었다.
1995년 등록제 이후 제도권에 편입되며
전국 조직이 생기고 정책 자문 역할도 수행하고 있다.
→ 산지유통인은 생산과 소비, 정책을 잇는 실천자다.
→ 유통의 미래는 결국, 현장을 가장 잘 아는 사람에게 달려 있다.

3

농업회사 법인 등록

개인에서 법인으로, 경영의 전환점

조직의 틀을 바꿔야 할 때

오랫동안 개인 자격(資格)으로 사업을 운영(運營)해오면서,
나는 '이제는 시스템 자체를 바꿔야 할 때'라는 생각을
점점 더 자주 하게 되었다.
거래처(去來處)는 계속 늘어났고,
출하량(出荷量)도 예전과는 비교할 수 없을 만큼 많아졌으며,
함께 일하는 직원(職員)의 수도 꽤 많아진 상황이었다.

그런데도 나는 여전히 개인사업자(個人事業者) 자격으로,
모든 책임(責任)을 혼자서 감당하고 있었다.
거래 상대가 커질수록 '법인체(法人體)와의 계약(契約)'을 원했고,
외부 기관과 협력(協力)을 맺을 때에도
신뢰(信賴)와 자격 조건(資格 條件) 면에서
개인 명의로는 분명한 한계(限界)가 있었다.

결국 나는 2009년, 4월
농업회사법인 성화주식회사(農業會社法人 成花株式會社)를 설립했다.

개인의 이름이 아닌 법인의 이름으로,
책임 있고 투명한 경영(經營)을 실현하고자 했다.

'성화(成花)'라는 이름에 담긴 의지

성화(成花)라는 이름은 단순한 상호(商號)가 아니었다.
그 속에는 나의 지난 삶과 아내의 헌신(獻身),
그리고 앞으로의 결심(決心)이 함께 녹아 있었다.

'성(成)'은 나의 이름에서,
'화(花)'는 아내의 이름에서 따온 글자였다.
무엇보다 꽃처럼 피어나는 농업 경영을 이루고 싶다는
소박하지만 간절한 바람(希望)이 담겨 있었다.

성실(誠實)함으로 꽃을 피운다는 뜻,
성화(成花)는 내가 추구한 조직(組織) 운영 철학(運營 哲學)을
상징(象徵)하는 이름이기도 했다.

개인의 이름이 아닌 공동(共同)의 이름으로,
내가 아닌 우리 모두의 이름으로
이 법인을 키워가겠다는 다짐과 각오(覺悟)가 담겨 있었다.

이제부터는 '나'보다 '우리'가 중요했다.
성화는 단지 법인 설립(設立)의 결과물이 아니라,

내가 걸어온 길과 앞으로 나아갈 방향(方向)을 하나로 품은
농업경영(農業經營)의 또 다른 이름(象徵)이었다.

법인 설립 이후의 변화

법인을 설립하고 나서 가장 크게 달라진 점은
사업(事業)을 바라보는 관점(觀點) 그 자체였다.
과거에는 직접 현장(現場)에 나가 물건을 싣고, 거래처를 찾아다녔다.

그러나 이제는 전체 흐름을 조율(調律)하고,
직원들이 보다 안정적으로 일할 수 있는 구조를 고민하게 되었다.
법인 등록 이후 회계(會計)와 세무(稅務)는 투명하게 운영되었고,
사회적 신뢰도 역시 한층 높아졌다.

특히 대형 거래처나 금융기관, 공공기관과의 관계에서
'농업회사법인 (農業會社法人)'이라는
이름이 주는 무게와 신뢰를 실감하게 되었다.

작업자들의 고용 안정성(雇用 安定性)과 복지(福祉)에 대해서도
더 큰 책임감(責任感)을 갖게 되었다.
같은 이름 아래, 같은 미래(未來)를 설계(設計)한다는 감각은
법인 설립 이후에야 비로소 몸으로 체화(體化)되기 시작했다.

체계화된 경영의 결과

법인을 기반으로, 전국 농가들과의 계약재배 체계를 구축했다.
품질 기준, 출하 시기, 유통 전략까지 함께 기획하며
공동경영 모델을 본격적으로 실현해 나갔다.

그 결과, 연간 170만 평 계약재배,
약 6만 톤의 출하량을 기록할 수 있었고,
농가에는 안정된 수익,
소비자에게는 일관된 품질 신뢰를 제공할 수 있었다.
또한, 유통 비용 절감은 물론
생산자와 소비자 간의 정보 격차를 해소하는 데에도
적지 않은 역할을 해냈다.

이 법인은 단순한 사업자 등록을 넘어서
농민과 유통을 하나로 연결하는 실천 구조로 기능하게 되었다.
나는 이 구조를 통해 농업의 불확실성을 줄이고,
농민이 경영자로 성장할 수 있는 기반을 만들고자 했다.

결국, 농업도 기획(企劃)할 수 있어야 하며,
법인(法人)은 그 기획을 현실로 옮기는 가장 강력한 수단이었다.

4

억울한 세금, 그리고 지켜야 했던 것들

신념과 자존심으로 견뎌낸 고통의 시간

세무조사, 성실함에 내리친 칼날

2011년, 생각도 못한 곳에서 일이 터졌다.

국세청(國稅廳)으로부터 세무조사(稅務調査) 통보를 받은 것이다.

전화 한 통이 걸려왔다.

그 순간부터 나는

매일같이 세무서에 매일같이 세무서를 오가며 해명에 나서야 했다.

그날, 창고 하나로 거래를 이어가고 있던 내게

세무서에 도착하니, 네 명의 국세청 직원이 대기하고 있었고

그들의 손에는 탈세혐의조사(脫稅嫌疑)라는 서류가 들려 있었다.

그 자리에서 제시된 금액은 무려 8억 원.

순간, 머릿속이 하얘졌다.

나는 분명 법(法)과 절차(節次)에 맞게 일해왔고,

세금(稅金)도 성실하게 납부해 왔다고 믿었다.

더욱 억울했던 건 시기(時期)였다.

당시 나는 회사의 재고 손실(在庫 損失)과 적자(赤字)로
하루하루를 겨우 버텨내던 중이었다.

그런데 아무 일 없다는 듯,
"법대로 하겠습니다"라는 말과 함께
8억 원의 세금(稅金)을 내라는 요구(要求)가 날아들었다.

고향 사람의 공감과 해결

조사는 한 달 넘게 이어졌다.
서류 더미 앞에 앉아 1대 4. 네 명의 직원과 매일 마주했다.

내 말은 들리지 않고,
법령(法令)과 규정(規定)만 되풀이되던 날들.
그러던 어느 날, 내 이야기를 조용히 듣던 한 사람이 있었다.
그는 경북 의성 출신 팀장이었고, 나는 조심스럽게 말했다.

"저는 안동 사람입니다."
그 짧은 한마디가 우리 사이에 작은 공감의 문을 열었다.

그날 이후, 그는 내 이야기를 조금 더 진지하게 들어주기 시작했다.
기계처럼 법만 적용하기보다,
내 사정을 이해하려 노력하는 모습이 느껴졌다.

나는 고향 사람이라는 이유로 동정을 바란 것이 아니었다.

그저, 그는 그 자리에 앉은

'사업자' 이전에 '한 사람의 인간'으로서 나를 봐주었다.

조사가 막바지에 이르렀을 무렵, 그는 조용히 내게 말했다.

"사장님, 저희도 체면(體面)이 있습니다.

결과 보고는 해야 하니까,

적정선(適正線)에서 마무리하시는 게 좋지 않겠습니까?"

결국 우리는 1억 2천만 원으로 합의했고,

분할 납부(分割 納付)라는 조건이었다.

내가 지키고 싶었던 것은 자존심이었다

납부가 끝났지만, 마음은 편하지 않았다.

나는 사기꾼도, 탈세범(脫稅犯)도 아니었다.

그저 생존을 위해 달려온, 성실한 소상인 중 한 사람이었을 뿐이다

그 한 달간의 조사 기간은 내 삶 전체를 흔들어 놓았다.

법은 공정했을지 몰라도,

그 과정은 내게 너무도 냉정하고 차가웠다.

어느 날, 나는 세무서 회의실에서 팀장에게 말했다.

"적자에 허덕이는 사람에게 법대로만 이야기하는 게 맞습니까?

세금은 의무(義務)지만, 납세자(納稅者)에게도
지켜야 할 권리(權利)가 있지 않습니까?"

그는 나를 잠시 바라보더니 이렇게 말했다.
"공무원(公務員) 생활 20년 동안
이렇게 소신(所信) 있게 말하는 분은 처음 봅니다."

그 말이 위로가 될 수는 없었지만,
그 순간만큼은 내가 나 자신을 지켜낸 기분이었다.

세금의 의미와 교훈

돌이켜보면, 이 일은 단순한 금전(金錢)의 문제가 아니었다.
그건 나에게 있어
돈보다 더 소중한 신념(信念)과 자존심(自尊心)의 문제였다.

내가 사업(事業)을 시작한 이유,
정직(正直)하게 살고자 했던 삶,
그리고 세상에 부끄럽지 않게 일해왔던 시간들을 지키고 싶었다.

이후 나는 더 철저하게 장부(帳簿)를 정리했고,
세무(稅務)와 회계(會計)는
 전문가의 도움을 받아 보다 명확하게 관리해 나갔다.

그 싸움은 나를 더 단단하게 만들었다.

"정직하게 살아온 사람은 반드시 지켜져야 한다."

그 신념을 내 가슴 깊이 새기게 된 계기(契機)였다.

그 세금은 분명 고통(苦痛)이었지만,

내 삶의 기준(基準)을 다시 세우게 만든 값진 수업(修業)이었다.

농업회사법인(農業會社法人)이란?

농업회사법인은 농업인의 경영 역량을 높이고,

농업의 기업화를 촉진하기 위해 설립할 수 있는 법인 형태의 조직이다.

→ 쉽게 말해, 농산물의 생산부터 가공, 유통, 판매, 수출까지

　농업을 하나의 시스템으로 통합 경영할 수 있는 제도적 틀이다.

• 설립 주체: 농업인, 농업생산자단체

• 참여 구조: 비농업인 출자 가능 (지분 제한 있음)

• 주요 사업: 계약재배, 공동선별, 직거래, 유통·가공·수출 등

• 제도 혜택: 세제 감면, 정부 사업 참여, 자금지원 등

• 핵심 목적: 농업의 조직화, 투명성 확보, 지속 가능성 강화

농업회사법인은 단지 사업자 등록이 아니라,

→ **농업을 기획하고 설계할 수 있게 하는 경영 플랫폼이다.**

→ **'생계'에서 '사업'으로, 개인에서 '조직'으로 나아가는 농업의 진화를**

　의미한다.

5

한국신선채소협동조합 조합장 취임과 발전

상생과 유통 혁신을 이끄는 실천 경영

조합 창립과 성장

나는 농산물 유통에 몸담으며, 변화하는 시장 환경 속에서
안정적인 유통 구조의 필요성을 절실히 느끼고 있었다.

농업인들이 판로를 확보하지 못하고
가격 변동에 따라
큰 손실(損失)을 보는 구조적 문제(構造的 問題)를 해결하고자
뜻을 함께하는 이들과 논의한 끝에,
2013년 12월 1일, 한국신선채소협동조합이 창립되었다.

이 조합은 단순한 유통 조직이 아니라,
농산물 가격 안정과 유통 혁신을 목표로
농업인들에게 실질적(實質的)인 혜택(惠澤)을 제공하는 플랫폼이 되어야
했다.

나는 창립 멤버로서 초기 운영(運營)을 도왔고,
이후 이사(理事)로 활동하며

조합이 자리를 잡아가는 전 과정에 함께했다.

그렇게 10년이 흐른 2023년 2월,
나는 조합원(組合員)들의 신임(信任)을 받아
제4대 조합장으로 선출되었다.
조합의 창립을 함께했던 사람으로서,
이제는 조합의 미래(未來)를 책임지는 자리에 서게 된 것이다.

공동구매와 계통출하 사업

조합이 처음 시작될 때는 어려움이 많았다.
조합 운영의 기틀을 다지는 일,
조합원에게 신뢰를 주고 실질적인 혜택을 입증(立證)하는 일
그 모든 과정이 쉽지 않았다.

특히 조합의 기반을 닦는 데 가장 큰 역할을 하신 분은
초대부터 제3대 조합장까지 10년간 조합을 이끈 정만기 조합장님이었다.
그는 끈기와 인내로 조합을 하나의 강력한 조직으로 성장시켰다.

2014년에는 농산물 계통출하(系統出荷) 사업이 도입되었다.
조합원들이 보다 안정적으로 농산물을 출하할 수 있도록 체계를 갖추고,
유통의 효율성(效率性)을 높이는 기반을 마련했다.

2015년에는 공동구매(共同購買) 사업이 시작되었다.

농업인들이 개별적으로 농자재(農資材)를 구매하는 대신,
조합이 대량으로 구매해 보다 저렴한 가격으로 공급하는 방식이었다.
이를 통해 생산 비용 절감과 안정적인 공급망 확보라는
두 마리 토끼를 동시에 잡을 수 있었다.

2019년에는 조합이 농업인의 날 행사(行事)에서
은탑산업훈장(銀塔産業勳章)을 수상하는 성과도 있었다.
이는 조합이 농업 발전에 실질적으로 기여하고 있다는 것을
보여주는 상징적인 사건이었다.

이후 2021년부터는
정부의 배추 수매사업(收買事業)을 위탁 운영하며,
가격이 폭락했을 때 정부가 개입할 수 있도록 하는
정책적 장치(政策的 裝置)를 마련해
조합원들에게 실질적인 보호막(保護幕)이 되어주었다.

조합장으로서의 철학과 책임

조합장으로서 나는 조합이 앞으로 더 강한 역할을 해낼 수 있도록
새로운 방향(方向)을 모색(摸索)하고 있다.
그동안 많은 성과를 이루어냈지만,
변화하는 농업 환경 속에서 해결해야 할 과제도
여전히 남아 있기 때문이다.

무엇보다 중요한 것은,

조합원들이 더 안정적인 환경에서 농사를 지을 수 있도록 하는 것이다.

출하 과정(出荷 過程)에서 겪는 어려움을 덜어주고,

가격 변동의 불안(不安)에서 벗어날 수 있도록

조합의 지원 체계(支援 體系)를 보다 촘촘하게 정비(整備)해나갈 것이다.

조합이 단순한 행정조직(行政組織)이 아니라,

조합원 개개인이 실질적으로 체감할 수 있는 도움을 주는 조직,

현장 중심의 든든한 파트너가 되기를 나는 바라고 있다.

또한 유통망을 보다 다양하게 구축하고,

시장 가격의 급변에도 조합원들이 덜 흔들릴 수 있도록

정부 및 공공기관(公共機關)과의 협력(協力)도 더욱 강화할 계획이다.

이제는 스마트 농업과 디지털 유통 혁신이 필수적인 시대다.

데이터를 기반으로 농산물의 생산과 유통을 관리하고,

디지털 기술(技術)을 적극 도입해

조합원들이 보다 예측 가능(豫測 可能)하고

안정적인 경영(經營)을 이어갈 수 있도록 돕고자 한다.

상생 유통을 위한 발언과 실천

이러한 나의 철학(哲學)은 최근 언론(言論)을 통해서도 공유된 바 있다.
2025년 3월, 『한국농어민신문』과의 인터뷰에서
나는 배추 가격 상승과 관련해 반복적으로 제기되는 유통 폭리(暴利) 논
란에 대해
직접 유통 구조(流通 構造)를 설명하고,
각 유통 단계마다 발생하는 정당한 비용과 최소한의 이윤이
존재함을 구체적으로 밝혔다.

당시 나는 소비자들에게 가격 부담이 있는 것은 사실이지만,
그 배경에는 이상기후로 인한 작황 부진(作況 不振),
물류비와 감모 손실(減耗 損失),
소매상의 고정 비용 등이 작용하고 있음을 강조(强調)했다.

생산자와 소비자 모두가 서로 이해하고 협력할 수 있어야
지속 가능한 농업(持續可能農業)과
공정한 유통 생태계가 가능하다는 점을
진심으로 전달하고자 했던 것이다.

이 인터뷰는 조합장으로서
내가 일관되게 추구해온 '공정한 유통'과 '상생의 가치'를
현장에서 실천하고 있다는 하나의 증거이며,
앞으로도 그 길을 흔들림 없이 걸어가겠다는
책임 있는 다짐이기도 하다.

한국농어민신문

[인터뷰] "배춧값 뛸때마다 '유통 폭리' 여론 답답"

△ 우정수 기자 | ⓒ 승인 2025.03.18 19:00 | 🖥 신문 3666호(2025.03.21) 5면

| 박성수 신선채소협동조합장

[한국농어민신문 우정수 기자]

**이상기후로 작황부진·물량 감소
공급 부족에 가격 상승 불가피**

"유통과정에서 폭리를 취한다고 하는데, 답답합니다."

얼마 전 겨울배추 주산지인 전남 진도군과 서울 한국신선채소협동조합 총회에서 만난 박성수 신선채소협동조합 조합장이 최근 강세에 있는 무·배추 시세에 대한 이야기가 나오자 꺼낸 말이다.

현재 국내산 무·배추 가격은 이상기후로 인한 생산량 감소, 작황 부진 등으로 인해 지속적으로 높은 시세를 형성하고 있다. 배추(10kg, 상품) 가격은 평균 1만4000원대로, 전년대비 5000원 정도 높은 가격에 거래되고 있으며, 생산량 감소폭이 더 큰 무는 시세가 2만5000원~3만5000원을 오가면서 지난해와 1만원~2만5000원까지 격차가 벌어졌다. 이렇게 무·배추 가격이 상승할 때마다 들려오는 소리가 '유통과정에서의

인터뷰 핵심 내용 요약

[인터뷰] "배춧값 뛸때마다 '유통 폭리' 여론 답답"

주요 내용 요약: 배추 가격 상승의 원인 설명

최근 배춧값 상승에 대해, 이는 **이상기후로 인한 생산량 감소와 작황 부진**
때문이라고 설명함.

특히 최근 겨울배추는 평년보다 훨씬 넓은 면적(400~500평)에서 5톤 트
럭 한 대 분량을 겨우 채울 정도로 생산 효율이 낮았음.

→ 즉, **생산 원가 자체가 크게 상승**했고, 이 때문에 도매가격이 높아질 수
밖에 없는 구조임.

'유통 폭리'에 대한 오해 해명

배추 가격이 오를 때마다 유통과정에서 폭리를 취한다는 여론이 형성되는 것에 대해 박 조합장은 "답답하다"는 입장을 밝힘.

→ 유통 구조는 단순하며, 도매 낙찰 후 소비자까지의 단계에서 **물류비, 점포 임대료, 감모율, 배송비** 등이 더해지면서 자연스레 가격이 오를 수밖에 없다고 설명함.

유통비용 상세 예시

예를 들어 도매가 1만5000원짜리 배추가 소비자에게 2만5000원에 판매되는 구조는 다음과 같음:

- 중도매 이윤 및 상차비: 2000원
- 물류비: 2000원
- 소매 점포 관리비 및 이윤: 약 4000원 (10~20%)
- 감모 및 배송비: 약 2000원

→ **총합 약 1만 원이 더해져 소비자가격 형성.**

기본적인 이윤 확보의 정당성 강조

"농산물 유통에 참여하는 모든 단계는 소득을 위한 경제 활동이며, 최소한의 이익을 남기는 것은 당연하다"고 밝힘.

→ 즉, **폭리가 아니라, 정당한 생계 기반 확보**라는 점을 명확히 함.

생산자−소비자 간 상호 이해 촉구

기후 위기로 인한 작황 불안과 원가 상승 상황을 소비자들도 이해해주길 바란다는 메시지 전달.

→ "소비자는 가격 부담을 이해받고, 생산자는 안정 공급을 위해 노력하겠다"는 입장을 밝힘.

《한국농어민신문》 우정수 기자 인터뷰, 2025년 3월 21일자

대외 소통과 성과 확산

나는 조합장(組合長)의 역할을 단지 현장에만 국한하지 않았다.
바깥에서도 우리 조직의 가치를 널리 알리고자 했다.
더 많은 농업인(農業人)과 국민(國民)들이
이 조합의 진정성(眞情性)과 가능성(可能性)을 직접 느낄 수 있도록
언론(言論)을 통한 소통(疏通)에도 적극적으로 나섰다.

2025년 2월, 『한국농어민신문』은
우리 조합이 설립 이래 최대 실적을 달성했다는 소식을 보도했다.

이는 단순한 수치(數値)상의 기록(記錄)을 넘어,
폭염과 가뭄, 이상기후라는 어려운 상황(狀況) 속에서도
조합원(組合員)들과 함께 이뤄낸 값진 성과(成果)였다.
보도에 따르면,
2024년도 조합의 농산물(農産物) 계통출하 실적은 1,724억 원,
공동구매(共同購買) 사업 실적은 12억 원,
총 1,736억 원의 사업량(事業量)을 기록했다.
이는 조합 설립 이후 최대 규모(規模)이자,
조합원들의 소득(所得) 향상(向上)과 안정적인 영농(營農) 활동에
실질적(實質的)인 도움이 되었다.

이 성과를 바탕으로 조합은

- 정부의 채소가격안정제 참여 확대
- 농자재 부가세 환급률 및 출하 장려금 회수율 상향
- 공동구매 사업 확대 등

조합원들에게
더 많은 실질 혜택(實質 惠澤)이 돌아갈 수 있도록
사업을 재정비(再整備)하였다.

한국신선채소협동조합, 지난해 '최고실적' 기록

人 서상현 기자 | ⊙ 승인 2025.02.28 18:41 | ⬜ 신문 3661호(2025.03.04) 5면

🔖
f   **정기총회서 올 사업계획 확정**
                    채소가격안정제 적극 참여키로
✕
💬   [한국농어민신문 서상현 기자]
💬
🔗
✉

한국신선채소협동조합이 지난 2월 27일 대의원총회를 열고, 지난해 주요 성과와 올해 사업방향 등을 조합원과 공유했다.

나는 이 자리에서 조합원들에게
"조합의 사업(事業)에 더욱 적극적으로 참여해 달라"고 당부했다.
그리고 우리 조합이 앞으로도 국민 건강(國民 健康)을 책임지는
신선채소(新鮮 菜蔬) 전문 협동조합으로서,

더 넓은 신뢰(信賴)와 공감(共感)을 얻을 수 있도록

더욱 노력하겠다고 약속(約束)했다.

조합의 성과는 나 혼자 이룬 것이 아니다.

조합원 한 사람 한 사람의 노력과 신뢰가 있었기에 가능했다.

그리고 그 믿음에 보답하기 위해,

나는 앞으로도 조합의 가치를

더 널리, 더 깊게 확산시켜 나가고자 한다.

책갈피　　　　　　한국신선채소협동조합 주요 연혁

협업으로 성장한 유통 조직의 기록

전국 공영도매시장의 엽근채류 (무, 배추, 양배추, 양파 등)

유통 점유율 1위의 법인이다.

2012.12 창립총회 개최, 초대 조합장 정만기 취임

2013.03 농산물 계통출하 개시

2016.12 연매출 1,339억 원 달성

2019.11 은탑산업훈장 수상

2020.01 채소가격안정제 사업 참여

2023.02 박성수 제4대 조합장 취임

이 외에도 매년 김치사랑축제, 공동구매, 출자금 누적 18억 원 달성 등

다양한 현장 기반 사업을 통해 정책과 시장을 연결하는 협동 유통의 기반을

다져왔다.

농업관측위원으로서의 통찰과 역할

현장의 눈으로 정책을 움직이다

데이터와 현장의 차이

나는 2022년부터 농림축산식품부 산하
농촌경제연구원의 농업관측센터에서
중앙농업관측위원(中央農業觀測委員)으로 활동하고 있다.

매달 정기적(定期的)으로 열리는 회의에 참석하여
배추 및 무우 작물의 작황 현황과
시장 전망(市場展望)에 대해 논의하고,
이를 기반으로
한 정책적 조언을 제공하는 역할을 맡고 있다.

하지만 회의에 참석하면서 늘 느낀 것은
책상 위의 분석과 현장의 실상 사이에는
결코 좁지 않은 간극(間隙)이 존재한다는 점이다.

예를 들어, 2023년 10월의 일이었다.
정부의 분석팀은 배추 한 망(3포기)의 가격을 8,000원으로 예측했다.

하지만 나는 그렇게 보지 않았다.

현장 분위기를 보니, 15,000원까지도 충분히 오를 수 있다는 판단(判斷)이 섰다.

그 이유는 내가 현장에서 직접 확인했기 때문이다.

산지(産地)의 생산량(生産量), 출하(出荷)의 흐름,

소비지(消費地)의 수요, 유통인들의 움직임까지

내 눈으로 보고, 발로 뛰며 파악해왔다.

결과는 나의 예측이 정확했다.

실제 가격은 15,000원까지 상승했고,

정부의 전망은 현실과 동떨어진 것으로 밝혀졌다.

이 경험은 단순한 숫자 싸움이 아니었다.

나는 탁상공론(卓上空論)에 빠진 행정 예측과,

현장을 발로 뛰며 얻은 감각의 차이를 뼈저리게 실감했다.

시장 분석가로서의 성장

나는 석·박사(碩博士) 학위를 가진 전문 연구원은 아니지만,

40년 가까이 농산물(農産物) 유통 현장에 몸담으며

현장을 꿰뚫는 눈을 키워왔다.

나는 데이터 분석도 중요하게 생각하지만,

그보다 더 중요한 것은 현장의 흐름을 읽는 능력이라고 믿는다.
소비자의 반응, 산지의 생산량 변화,
유통 경로(流通 經路)에서 발생하는 작은 차이까지
이 모든 것이 결국 시장 가격을 움직이는 진짜 변수가 된다.

예를 들어 작황이 좋다고 하더라도 일시적인 물류 정체나
포장 인력 부족이 생기면 공급에 문제가 생기고,
그 영향은 바로 가격(價格)에 반영된다.

이런 현장감과 통찰은 단순히 데이터만으로는 알 수 없는 것이다.
그 결과, 농업관측센터 내에서도 내 의견은 점점 더 신뢰를 얻었고,
시장 전망과 정책 검토(檢討) 과정에서 현장의 목소리로 작용했다.

정책 조언자로서의 다짐

내가 농업관측위원으로서 가장 중요하게 여긴 것은
현장의 감각을 정책(政策)에 연결하는 다리 역할이었다.
정부는 데이터를 기반으로 정책을 설계(設計)하지만,
실제 농업 시장은
그보다 훨씬 더 복잡(複雜)하고 민감(敏感)하게 움직인다.

기후 변화, 유통 흐름, 소비자 심리,
그리고 한 번의 작황 실패(作況 失敗)가
전반적인 수급 구조(需給 構造)를 흔들 수 있기 때문이다.

나는 회의에서 단순히 데이터 분석 결과에 동의(同意)하기보다,
"지금 산지에서 무슨 일이 벌어지고 있는가"를
꾸준히 전달(傳達)하려고 애썼다.

어떤 때는 이렇게 말했다.
"지금 이 통계(統計)로는 농민(農民)들의 불안감(不安感)이
보이지 않습니다.
수치(數値)로는 여유 있지만, 현장은 이미 급박합니다."
이런 말에 처음엔 다소 낯설어하던 참석자들도
점차 내 관점(觀點)을 받아들이기 시작했다.

앞으로도 나는 이 역할을 계속할 것이다.
현장과 데이터, 정책과 사람 사이를 잇는 다리의 역할.
그것이 내가 감당해야 할 소명(召命)이라 믿는다.

인생의 결실

나눔, 성찰, 그리고 희망

제12장

가족이라는 등불

가족에게 남기고 싶은 마지막 이야기

1

사랑으로 지켜준 아내

곁에서 함께 걸어준 사람에게 바치는 말

한결같은 그 마음이 내 삶의 바탕이 되었다

오랜 세월 동안 나는 앞만 보고 달려왔다.
장사에 몰두하고 유통 현장을 누비며 매일 분주하게 살았다.
그렇게 바깥일에 집중할 수 있었던 건 집을 지켜준 아내 덕분이었다.

조용히 아이들을 키우고,
어른들을 모시며 가족을 책임지는 모습은 말없이 나를 감동시켰다.
아내는 큰소리 한 번 내지 않고, 항상 내 판단을 존중해 주었고,
힘든 날도 가볍게 웃으며 이겨냈다.

그 한결같은 모습은 내 인생의 가장 든든한 버팀목이었다.
살아가는 날이 많아질수록,
나는 그 사실을 더욱 깊이 느끼고 있다.

함께 늙어가는 이 시간이 참 감사하다

이제 우리는 어느덧 머리가 희어지는 시기를 지나고 있다.
젊은 날엔 나의 걸음을 따라주었고, 이제는 함께 천천히 걸어가고 있다.

가끔 아내의 모습을 멀리서 바라보면,
내 삶이 얼마나 복된 길이었는지 깨닫게 된다.

내가 세상 어디에서 무엇을 이루었든,
결국 내 옆에 있어준 당신의 존재가 가장 크고 따뜻한 성공이었다.
지금 이 자리에서 나는 조용히 말하고 싶다.
"여보, 고맙소. 지금껏 함께 걸어줘서, 정말 고맙소."

아내라는 이름, 돈으로는 살 수 없는 가장 소중한 존재

내가 걸어온 길 위에
언제나 조용히 함께 걸어준 사람이 있다.
그녀는 내게 단 한 번도 '대단한 일'을 요구하지 않았다.
다만 지켜주고, 믿어주고, 기다려준 사람이었다.

어느 날 문득 돌아보니,
그 따뜻한 존재가 있었기에 내가 넘어지지 않을 수 있었고,
그 한결같은 헌신이 있었기에
나는 더 먼 길을 걸어올 수 있었다.

나는 깨달았다.

돈으로 살 수 없는 것들이 있다는 말,

그중에서도 가장 아름답고 위대한 것은 바로 '아내'라는 이름이었다.

그 어떤 보석보다 빛났고, 그 어떤 성취보다 값진 삶의 이유였다.

지금 이 순간, 나는 더 늦기 전에 그 마음을 전하고 싶다.

동유럽 여행 중, 헝가리에서

2

뉴욕에서 피어난 두 딸의 결실

낯선 땅에서 피워낸 도전, 그리고 따뜻한 성장의 이야기

미국으로 향한 용기 있는 선택

2000년대 초, 둘째 딸 귀현이는 고등학교를 마친 뒤 곧바로
미국 유학길에 올랐다.
어릴 적부터 조용하고 집중력(集中力) 있는 아이였고,
학업에 대한 열정과 도전정신(挑戰精神)도 남달랐다.
진로도 스스로 결정했고,

매사추세츠주의 퀸시 칼리지(Quincy College)에서
경영학(經營學) 준학사(Associate in Science) 학위를 취득한 뒤,
뉴욕주립대학교 스토니브룩 캠퍼스(State University of New York at Stony
Brook)로 편입하여
경영학과 경제학 복수전공으로 이학사(Bachelor of Science) 학위를 받았다.

정확성과 논리력(論理力), 숫자 감각까지 요구되는 경영·경제 분야는
언어뿐 아니라 실무 응용력(應用力)도 필요한 학문이었지만,
귀현이는 새로운 환경에 빠르게 적응하며 학업을 완주했다.

한편, 큰딸 미현이는 국내 대학을 졸업한 후
동생을 만나러 미국을 방문했다가
그곳의 문화와 분위기에 이끌려 현지에서의 새로운 도전을 결심했다.
뉴욕 필름 아카데미(New York Film Academy)에서
1년 영화제작 과정(One Year Filmmaking Program)을 수료하며
현지 영상 산업에 본격적으로 발을 들였다.

이후 미현이는 졸업 후 미국 내에서 직장생활을 경험했고,
자신이 직접 연출한 단편 영화
『Hello I'm a Vampire』, 『Hello I R Zombie』는
2013년 뉴욕 필름 아카데미 한국학생 영화제에 공식 초청되어 상영되
었다.
이는 단순한 수료가 아닌,
현장 실무와 예술적 감각을 인정받은 결과였다.

약 8년 가까운 시간 동안 두 자매는 미국에서 함께 생활했고,
서로에게 든든한 버팀목이 되어주었다.
부모(父母)로서 멀리서 지켜보는 마음은 늘 걱정 반, 기특함 반이었지만
그 시절 두 딸이 쌓은 경험과 성장은
그들의 인생을 한층 단단하게 만들어주었다고 믿는다.

State University of New York

State University at Stony Brook

On the recommendation of the Faculty and by virtue of the authority
vested in them the Trustees of the University have conferred on

Guihyun Park

the Degree of

Bachelor of Science

Business Management

Economics

and have granted this Diploma as evidence thereof

Given at Stony Brook, in the State of New York, in the United States of America
on the eighteenth day of August two thousand eleven.

귀현이의 SUNY 졸업장

"귀현이의 졸업식 사진은 없지만,

그날 받은 학위증은 내 서랍 속에 지금도 소중히 보관돼 있다.

미현이의 영화 인증서 역시

그들의 시간과 노력을 증명하는 자랑스러운 기록이다.

THE NEW YORK FILM ACADEMY
KOREAN STUDENTS FILM FESTIVAL

OFFICIAL SELECTION
THE NEW YORK FILM ACADEMY
KOREAN STUDENTS
FILM FESTIVAL
2013

This is to certify that the film

Hello I'm a Vampire
Hello I R Zombie

was selected for screening at the
New York Film Academy Korean Students Film Festival 2013.

Jerry Sherlock, Director
July 13, 2013

미현이의 뉴욕 필름 아카데미 수료증 및 영화제 공식 인증서

낯선 땅에서의 긴 시간 끝에
무대 위에 당당히 선 딸의 모습은
내게 인생의 또 다른 감동(感動)이었다."

JFK 공항에서의 재회, 가슴이 뭉클했던 그 순간

2010년, 청록회(靑綠會) 회원들과 함께
미국 출장을 겸한 가족여행을 떠난 적이 있었다.
비행기가 뉴욕의 존 F. 케네디 국제공항(JFK)에 도착했을 때,
두 딸이 자가용을 몰고 직접 마중을 나왔다.

출구에서 환하게 손을 흔들며 반겨주는 딸들의 모습을 보는 순간,
가슴 한켠이 뭉클해졌다.
멀리 떨어져 지내며 각자의 삶을 개척해온 아이들이
그날따라 더 성숙하고 믿음직하게 느껴졌다.

차에 올라 뉴욕 시내로 향하는 동안,
창밖 풍경은 낯설었지만
옆자리에 앉은 아이들의 밝은 표정은
그 어떤 도시의 모습보다 따뜻하고 든든하게 다가왔다.
그날의 감정은 지금도 생생하게 내 기억(記憶) 속에 남아 있다.

JFK 공항에서 두 딸과 재회한 뒤 뉴욕 시내로 향하기 전, 공원 앞에서 찍은 가족사진

귀국 후의 도전, 카페 베이커리 창업창업

미국에서 학업과 실무(實務) 경험을 마친 두 딸은 귀국 후
각자 직장에서 사회생활을 시작하며
현장의 감각과 책임감(責任感)을 차근차근 다져나갔다.

시간이 흐르면서 두 딸은
함께 무언가를 해보자는 결심 아래
카페 베이커리(Café Bakery)를 창업하게 되었다.
단순한 가게가 아니라, 자신들이 배운 이론과 감각을
실제 공간으로 구현(具現)한 결실이었다.
고객 응대 하나에도 정성을 담고,

하나하나의 메뉴에 품질과 창의성을 더해가는 모습을 보며
나는 문득, 서울에서 장사를 시작하던 시절이 떠올랐다.
그때 나는 손님의 이름, 취향, 방문 주기까지 기억하며
고객(顧客) 한 사람 한 사람을 소중히 대했다.

그 마음가짐은 지금까지도 나의 장사 철학(哲學)이 되었고,
그 철학이 두 딸에게도 자연스럽게 전해졌다는 사실이
참으로 흐뭇하고 감사했다.

두 딸이 함께 운영하는 카페 외부 전경

"지금도 가게 간판을 볼 때마다
'이게 바로 뿌리 깊은 나무에서 피어난 꽃이구나'라는 생각이 든다.
작은 간판 하나에도 아이들의 진심(眞心)과 열정(熱情)이 고스란히 담겨
있다."

기업가정신, 피보다 진한 마음의 유산

두 딸이 시작한 카페 베이커리(Café Bakery)는
문을 연 지 오래되지 않아 입소문을 타기 시작했고,
하나둘 찾아오는 손님들이 단골로 이어지며 자리를 잡아갔다.
이 소식을 들은 주변 사람들은 흔히 이렇게 말하곤 했다.

"요즘 같은 세상에 창업해서 바로 자리를 잡는 게 쉬운 일이 아닌데,
따님들이 아버지를 닮았나 봅니다."

사람들은 보통 '운칠기삼(運七技三)'이라는 말을 자주 쓴다.
운이 7할이고, 기술이나 노력은 3할이라는 뜻이다.
하지만 시대가 바뀌면서 이제는 '기칠운삼(技七運三)'
또는 '운기칠삼(運技七三)'이라는 표현도 어색하지 않다.
기술과 준비가 더 중요해졌고,
운은 어디까지나 그것을 뒷받침하는 요소일 뿐이다.

생계형 창업의 현실 속에서

요즘 창업(創業) 현실을 보면 더욱 그렇다.
많은 이들이 생계형 창업에 뛰어들지만,
1년 안에 문을 닫는 경우도 부지기수다.
실제로 소상공인 창업의 1년 생존율은 60% 이하,
3년 이내 성공적으로 안착하는 비율은 10%도 채 되지 않는다는 통계도
있다.

그런 현실 속에서 두 딸이
사업을 시작하자마자 빠르게 자리를 잡고
자신들만의 고객(顧客)을 확보하며 성과를 낸다는 건
결코 운만으로 설명할 수 없는 일이다.
고객을 향한 진심, 철저한 준비, 그리고 매 순간 최선을 다하려는 자세.
그 모든 것이 어우러져 가능했던 결과다.

부모의 마음, 조용한 바람

이제는 두 딸 모두 제 삶을 살아가고 있다.
좋은 사람을 만나 따뜻한 가정을 이루길 바라는 마음은 여전하지만,
부모(父母)로서 아이들의 삶에 간섭하고 싶은 생각은 없다.
다만 멀리서 지켜보며 응원하는 마음만큼은 언제나 변함이 없다.

스스로 길을 개척하고 자립(自立)의 뿌리를 내린 딸들의 모습은
그 자체로 이미 훌륭하다.
내가 살아오며 느낀 가장 큰 보람이 있다면,
바로 아이들이 자기 삶을 성실하게 걸어가고 있다는 사실이다.

살다 보면 누구나 예기치 못한 갈림길을 만난다.
앞으로 어떤 길을 가더라도
지금까지 그랬듯이
자신의 선택(選擇)에 책임(責任)을 다하고,
스스로를 믿으며 걸어가기를 바란다.

어떤 인연(因緣)을 만나든,
그 안에서 서로를 아끼고 존중(尊重)하면서
자기 삶의 의미(意味)를 만들어가길 바란다.
그게 부모로서의 조용한 소망(所望)이다.

그리고 언젠가 아이들 마음속에
'내가 힘들 때 생각나는 사람',
'멀리 있어도 마음으로 연결되는 사람'으로 남는다면,
그걸로 충분하다.

언제든 돌아와 쉬어갈 수 있는 자리.
그 자리를 지키는 것이
부모로서 내가 해야 할 몫이자, 나의 행복(幸福)이다.

3

한 가정의 가장이 된 아들

아버지의 마음으로 바라본 아들의 성장과 결혼

조용하고 속 깊은 아이

아들 무규(武奎)는 어느덧 마흔을 넘겼다.

돌이켜보면, 어릴 때부터 유난히 조용하고 속 깊은 아이였다.

자기 할 일은 묵묵히 해내고, 불평 없이 움직이는 성격이

어쩌면 나를 가장 많이 닮은 자식인지도 모르겠다.

학창 시절에는 말이 적어 걱정도 되었지만,

주어진 일에는 늘 책임감(責任感) 있게 임했다.

무던한 성격 덕에 친구들과도 원만하게 잘 지냈고,

어른들에게도 예의 바른 아이로 기억되었다.

서울의 대학에서 법학(法學)을 전공한 그는

졸업 후 현재까지

서울의 한 국제물류회사(國際物流會社)에서

성실히 사회생활을 이어가고 있다.

같은 길을 걸은 인연

무규는 대학 시절 같은 학과에서 공부하던
지혜롭고 단정한 여성을 만나 연애를 시작했다.
이른바 '캠퍼스 커플(Campus Couple)'이었고,
그 인연은 졸업 후에도 변함없이 이어졌다.

그리고 마침내 2016년,
두 사람은 결혼을 결심하고 한 가정을 꾸렸다.
그 여인이 바로 나의 며느리, 노지원(盧志原)이다.

처음 인사하러 왔을 때
말투 하나, 태도 하나에 단정함이 배어 있었고,
따뜻하고 조심스러운 인상은 지금도 잊히지 않는다.
며느리는 말이 많지는 않지만
늘 가족을 먼저 배려하고,
아이에게도 따뜻하고 꼼꼼하게 사랑을 쏟는다.
무규와 참 잘 어울리는 짝이라 생각되었다.
이제는 우리 가족의 중심 한편에서 조용히 자리를 지키는 존재가 되었다.

결혼식 날의 감회

무규가 결혼식장 입구에 서 있는 모습을 보며
나는 말없이 속으로 되뇌었다.

"이제 내 아들이, 한 가정의 가장이 되었구나."

참으로 감격스럽고,

한편으로는 든든했던 순간이었다.

이제는 그가 아내(妻)를 지키고,

아이(子息)를 책임지는 위치에 섰다는 사실이

부모로서의 내 마음을 한층 더 깊게 만들었다.

우리가족(아들·딸·손자까지 3대가 함께한 모습)

4

손자의 웃음 속에 피어난 인생의 보람

시환이의 탄생, 그리고 삶의 중심이 된 존재

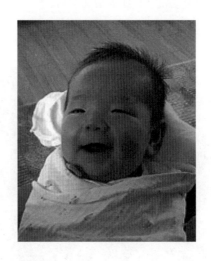

처음 품에 안은 순간

손자 시환(是煥)을 처음 품에 안은 날은
2020년 5월 28일, 봄의 끝자락, 초여름의 숨결이 감돌던 날이었다.
햇살은 포근했고, 공기는 부드러웠다.

그날, 나는 시환이를 처음 안았다.
그리고 느꼈다.
내게 또 하나의 생이 안겨왔다.

말로는 다 표현할 수 없는 벅찬 감정이
가슴 깊이 차올랐다.
작고 따뜻한 그 생명은
그저 한 아기의 모습이 아니었다.

우리 가족이 이어지고 있다는 살아 있는 증거였고,
내가 살아온 세월에 대한
한 줄기 선물(膳物) 같았다.

우리 집은 원래 손이 귀한 집안이다.
그런 집에 찾아온 손자이기에
그 존재 하나만으로도 고맙고, 소중하고, 기특했다.

그 아이를 바라보며 나는 문득 생각했다.
"아, 내가 걸어온 길이 헛되지 않았구나."
자식들의 삶을 응원하던 내가,
이제는 손자(孫子)의 미래를 상상하며
미소(微笑) 짓는 사람이 되어 있었다.

첫돌의 기억, 귀하고 귀여운 존재

첫돌 사진을 꺼내 보면
시환이는 환하게 웃고 있다.
아이의 표정 하나, 몸짓 하나에

총명함과 기특함이 배어 있다.

사람들은 자주 말하곤 한다.

"아들보다 손자가 더 귀엽다."

예전에는 그 말을 그냥 웃어넘겼다.
하지만 지금은 그 말의 뜻을
매일같이 절절하게 느끼고 있다.

시환이는 단순히 사랑스러운 아이가 아니다.
나의 생이 이어지는 시간의 다음 줄기이며,
우리 가문에 내려온 온기(溫氣)와 사랑(愛)을
다시 품고 살아갈 작은 새싹이다.

인생의 중심은 결국 '가족'이었다

이제 내 삶의 중심은
돈도 아니고, 일도 아니다.
손자의 웃음,
아이들의 안부,
그리고 가족과 함께하는 밥상 위로
삶의 의미가 옮겨가고 있다.

시환이가 나를 "할아버지"라고 부를 때,
그 한마디가 하루의 피로를 잊게 만들고,
내가 걸어온 지난 세월을
따뜻하게 정리해주는 위로(慰勞)가 된다.

나는 더는 무엇을 이루려 하지 않는다.
다만 이 아이가 건강(健康)하게 자라고,
우리 아이들이 자기 삶을 당당(堂堂)하게 걸어가기를 바랄 뿐이다.
그것이 지금의 나를 움직이게 하는 조용한 희망(希望)이다.

세 살 손자 시환이, 트렌치코트를 멋지게 차려입은 날

함께 웃는 오늘이 가장 큰 선물

지나온 시간과 남겨진 자리, 그리고 조용한 감사

함께였기에 걸어올 수 있었던 길

인생을 돌아보면, 내 앞에 놓였던 길은 늘 쉽지 않았다.
농사꾼의 아들로 태어나, 유통과 사업의 길을 개척해 나가며
크고 작은 고비를 셀 수 없이 넘었다.

그 모든 여정 속에서 내가 끝까지 버틸 수 있었던 이유는
결국 곁을 지켜준 사람들,
특히 가족(家族) 덕분이었다.

늘 뒤에서 말없이 지켜봐 주던 아내(妻),
바쁜 와중에도 웃음을 주던 아이들
그리고 마음으로 이어진 형제(兄弟)들이 있었기에
나는 흔들리지 않고 걸어올 수 있었다.

그리고 이제, 세월이 흘러 되돌아보니,
내 삶에서 가장 고맙고 든든했던 순간은
화려한 성공이 아닌,

함께 웃을 수 있는 사람들과의 따뜻한 시간이었다.

누군가 내게
'인생의 성공이 무엇이었냐'고 묻는다면
나는 이렇게 말하고 싶다.

"지금 내 곁에 남은 이들이
서로 웃을 수 있다면, 그게 바로 성공(成功)이지요."

놓쳐버린 시간, 되돌아본 미안함과 감사

가장 행복했던 순간들

누군가 인생의 어느 순간이 가장 행복했느냐고 묻는다면,
나는 주저 없이 이렇게 말하고 싶다.
가족과 함께한 식탁(食卓),
함께 떠난 작은 여행(旅行),
그리고 웃음으로 가득했던 평범한 저녁 시간들
그 모든 순간이 내게는 가장 큰 축복(祝福)이었다.

사진 속에 남지 못한 자리

그러나 나는 그 축복을 가까이에서 충분히 누리지 못했다.
아이들을 키우는 동안, 나는 늘 바쁜 일터에 있었다.
가정을 돌보는 일은 자연스레 아내의 몫이 되었고,
나는 어느새 집안의 소중한 순간들에서

한 걸음씩 멀어져 있었다.

사진첩을 펼쳐보면
입학식(入學式), 졸업식(卒業式), 학예회(學藝會)…
어느 장면에서도 나는 거의 보이지 않는다.
늘 아이들 곁을 지켜준 건 아내였고,
나는 늘 현장에 있었다.

그녀는 단 한 번도 내게 원망(怨望)을 내비치지 않았다.
그래서 더 미안했고, 더 아팠다.

부모님께 받은 사랑의 기억
그 모습을 마주할수록
나는 자연스레 나를 키워주신 부모님(父母님)을 떠올리게 된다.
그분들 또한 자식들을 위해 묵묵히 모든 것을 감당하셨다.
그 사랑(愛)과 헌신(獻身)이 있었기에,
나는 지금 이 자리에 서 있을 수 있었다.

지금의 나는
무언가를 이루기보다
사랑하는 이들이 각자의 길을
건강하고 따뜻하게 걸어가길 바랄 뿐이다.

남겨진 자리, 그리고 조용한 유산

지금의 나는
크고 대단한 무언가를 이루겠다는 마음보다는,
내가 소중히 여기는 사람들과 함께 걷고,
그들이 웃을 수 있는 삶을 만들어가는 데
마음을 두고 있다.

내가 쌓은 삶의 결과는 눈에 보이는 사업의 성과보다
따뜻한 기억으로 남아 있는 사람들과의 시간이다.
내가 떠난 뒤, 누군가 내 이야기를 떠올릴 때
이런 말 하나만 남는다면 충분하다.

"그 사람은 조용했지만, 따뜻한 사람이었지."
"항상 자리를 지켜주던 아버지였어."

내가 남기고 싶은 유산(遺産)은 크고 대단한 것이 아니다.
그저 가족이 언제든 돌아올 수 있는 자리,
그 자리를 지키는 조용한 울타리로 남는 것이다.

그것이 지금 내 인생의 마지막 바람이며,
함께 웃을 수 있는 오늘이야말로
내게 주어진 가장 크고 아름다운 선물(膳物)이다.

조상의 자리, 지금도 내 곁에 있는 마음

제사상 차림

나는 아직까지도 설날, 추석, 그리고 기일마다
부모님은 물론, 할아버지와 증조부까지 전통 방식으로 제사를 지내고
있다.
요즘은 간소화하거나 아예 제사를 없애는 가정도 많지만,
나는 여전히 그 자리를 소중히 지킨다.

조상을 향한 마음은 단지 의례가 아니다.
그분들이 살아온 삶이 있었기에 지금의 나와 우리 가족이 있고,
그 정신을 기억하는 것이 후손으로서 마땅한 도리라고 믿는다.

매번 제사상을 준비하는 일은 사실 간단치 않다.
정성껏 음식을 장만하고, 순서를 지켜 가며 차례상을 차리는 일은
시간과 노력이 필요한 과정이다.

하지만 그런 일들을 한 번도 불평 없이 감당해준 아내가 있어 가능했다.
정월 대보름이든, 한가위든,
그녀는 묵묵히 상을 차리고, 조용히 그 자리에 함께해 주었다.
때론 지쳐 보이기도 하지만, 내색 한 번 없이 손길을 더해주는 그 모습을 볼 때마다
참 고맙고 든든하다.

나는 믿는다.
이 정성과 효(孝)가 조상들의 복으로 돌아올 것이라고.
그분들은 지금도 우리를 지켜보며, 응원하고 계신다고.
그래서 제사를 지낼 때면 마치 마음 한구석이 정돈되고,
내 삶이 다시 중심을 잡는 듯한 기분이 든다.

아이들도 언젠가는 이 자리를 이해해 줄 것이다.
그저 제사라는 형식이 아니라,
그 안에 담긴 마음과 감사, 가문의 뿌리를 잊지 않기를 바란다.

그 자리엔 언제나 조상이 계시고,
그 곁엔 우리가 있다.
그리고 그 자리를 지키는 것이 내 몫이라면,
기꺼이 그 일을 평생 이어가고 싶다.

제13장

인생, 그 결실의 시간

1

돌아보니 모든 것이 은혜였다

삶의 굴곡마다 지켜준 보이지 않는 손길

세월이 흘러, 어느덧 내 인생도 황혼기(黃昏期)에 접어들었다.

그동안 지나온 수많은 날들이 이제는 하나같이 고맙고 귀하게 느껴진다.

그 시절에는 분명 고단하고 힘든 순간들이 많았지만,

지금 돌아보면 그 모든 과정은

나를 단단하게 만들어준 디딤돌이었고,

보이지 않는 손길이 나를 지켜주고 이끌어준 은혜(恩惠)의 시간이었음을

고백(告白)하게 된다.

나를 지탱해준 신념과 감사의 마음

젊은 날의 나는 가진 것이 많지 않았다.

무엇을 어떻게 해야 할지도 잘 몰랐다.

그러나 마음속에 단 하나,

'정직하게 살자'는 믿음만은 놓지 않았다.

때로는 그 정직(正直)함이 손해로 돌아오기도 했지만,

돌이켜보면 그 덕분에

나는 사람을 잃지 않았고, 신뢰를 얻었다.

힘든 시절마다 그 신념(信念)이 나를 붙들어 주었고,

결국 지금의 나를 만들어준 뿌리가 되었다.

그 모든 시간 위에 늘 감사(感謝)가 있었다.

작은 행운 하나에도,

뜻하지 않은 인연(因緣) 하나에도

감사할 줄 아는 마음이 있었기에

나는 주저앉지 않고 걸어올 수 있었다.

인생에서 만난 귀인들

내가 걸어온 길에는 언제나 나를 지켜주는 이들이 있었다.

그들은 내 삶의 가장 가까운 곳에서 말없이 나를 붙들어준 사람들이다.

가장 먼저 떠오르는 귀인(貴人)은

바로 나를 낳아주시고 길러주신 부모님이다.

아버지의 엄격함과 어머니의 인내심이

나를 사람답게 살게 한 뿌리였다.

그리고 지금의 나를 지켜주는 아내 권화자,

우리 부부 사이에서 자라준 세 자녀,

삶의 고비마다 서로 의지하며 살아온 형제자매들 역시

내 인생에 가장 든든한 동반자(同伴者)이자 귀인(貴人)이다.

살면서 가장 큰 복이 무엇이었냐고 묻는다면,
나는 주저 없이 '곁을 지켜준 사람들'이라 답할 것이다.
그분들 덕분에 지금의 내가 있다.

길 위에서 만난 은인들

살다 보면 누구에게나 길이 막힐 때가 있다.
그럴 때마다 은인(恩人)이라 부를 만한 누군가가
조용히 내 앞을 열어주었고,
나는 그 길 위에서 다시 걸어갈 수 있었다.

서울의 첫 인연, 한마디에서 시작된 전환

서울로 올라와 아무 연고 없이 막노동을 하던 시절,
한 건설현장에서 우연히 마주친 이름 모를 그 사람은
배추장사를 해보라는 말을 툭 던졌을 뿐이지만,
그 한마디가 지금의 내 삶을 결정짓는 계기가 되었다.
그분의 이름은 잊었지만, 그 말은 평생 내 기억에 남아 있다.

청록회에서 얻은 멘토와 성장

내 삶에서 또 하나의 전환점이 되었던 모임은 청록회(靑綠會)였다.
청록회 회장이셨던 송현수 선배님은
고향(故鄕) 출신이면서도 유통업계에서 앞서가던 멘토이자
나의 롤모델이 되어 주신 분이다.
함께 고민을 나누고, 때로는 용기를 북돋워주셨다.

그 시절 청록회가 내게 준 자극과 배움은
내 유통 인생을 흔들림 없이 걸을 수 있게 해준 디딤돌이었다.

한유련의 창립, 그리고 자랑스러운 인연

그리고 무엇보다도,
청록회 초기 멤버들이 주축이 되어
한국농업유통법인중앙연합회, 한유련(韓流聯)을 만든 것은
지금도 자랑스러운 일이다.
초대 임재형 회장을 비롯해,
그 뒤를 이어 김태진, 나채문, 박춘식 등
여러 선배님들이
한유연을 이끌며 큰 족적을 남기셨고,
현재 회장직을 맡고 있는 최병선 선배님까지
그 초창기 열정(熱情)이
 지금도 이어지고 있다는 사실이 감동(感動)스럽다.

함께한 동료들의 헌신

또한, 한국신선채소협동조합(韓國新鮮菜蔬協同組合)에서
함께한 직원들과 동료들은
언제나 성실하고 진심 어린 마음으로 나를 도와주었다.
혼자였으면 절대 해낼 수 없었을 일들도
그들과 함께했기에 가능했다.
그들의 헌신(獻身)과 땀은 내 이름 앞에 함께 새겨져야 할 자산이다.

재경 임동 향우회, 고향의 따뜻한 품

고향을 떠나 서울에서 살면서도
재경 임동 향우회(在京 臨東 鄕友會) 선후배님들(先後輩)과의 인연은
늘 내 마음에 고향의 향기를 안겨주었다.
특히 초대회장이셨던 박무일 선배님
그리고 그 뒤를 이은 류필휴, 이상석 선배님을 비롯해
많은 선배님들과 동기, 그리고 후배님들이
따뜻한 응원과 격려로 나를 북돋아주셨다.

그 모든 이들이 있었기에 지금의 내가 있다.
나는 그 은혜(恩惠)를 잊지 않고 살아가려 한다.
그리고 나 역시 누군가의 귀인(貴人)이 될 수 있는 삶을 살고 싶다.

2

마음을 나누며 살아온 길

조용한 나눔, 그 따뜻한 울림의 기록

돌아보면 가진 것이 많지 않았던 시절이 많았다.
먹고살기 바빠 하루하루를 버텨야 했던 시절,
그 속에서도 나는 누군가를 도울 수 있다는 마음 하나로
살아가는 보람을 느꼈다.
나눔은 결코 거창하거나 보이기 위한 것이 아니었다.
진심(眞心)이 담긴 작은 행동 하나, 그 따뜻한 마음이면 충분했다.

조용히 실천한 나눔

나는 지금껏 기부(寄附)라는 말을 내세우고 살아온 적이 없다.
공식적인 기부도 해왔지만,
그보다 더 의미 깊게 남는 것은
보이지 않는 곳에서, 조용히 마음을 전했던 순간들이다.

언론에서 다루는 이름 있는 기부자처럼 보이지 않아도,
나는 나만의 방식으로 꾸준히 누군가에게 손을 내밀어 왔다.
없다고 해서 안 한 것이 아니다.

알리지 않았을 뿐이고, 자랑하지 않았을 뿐이다.

고향 어르신이 병원비가 없다는 말을 들었을 때,
길거리에서 좌판을 벌이고 계신 분들을 볼 때,
나는 망설임 없이 도와주었다.
그저 마음이 끌려 그랬을 뿐이다.

마을 잔치나 지역 행사가 있을 때면
음식이나 상품을 후원(後援)했고,
행사가 끝난 뒤엔 묵묵히 뒷정리를 도우며
이름 없이 마음을 나누었다.
그 모든 일은 기록에 남기려 하지 않았고,
단지 내 마음속에만 남기면 되었다.

나는 종교(宗敎) 행사에도 종종 조용히 후원을 해왔다.
문화재 보존을 위한 행사나 지역 불교계의 행사에
내 마음을 담아 도움을 드렸다.
그럴 때마다 마음속으로 이렇게 생각했다.
"이런 작은 실천이 결국은 복(福)으로 돌아오는 것 아니겠는가."

지금 생각해 보면,
그런 나눔의 순간들 하나하나가
내 인생에서 가장 빛나는 시간(時間)이었다.

기부에 대한 나의 생각

나는 매년 연말마다 반복되는
ARS 성금 모금이나 거리 모금 캠페인에
조금은 회의적(懷疑的)인 시선을 가지고 있다.

물론 그 취지는 이해하지만,
그보다 더 근본적인 것은
복지(福祉)와 구호(救護)는 개인의 선의가 아니라
국가(國家)의 책무로 이뤄져야 한다는 믿음 때문이다.

선진국(先進國)들의 사례를 보면
성금 모금이라는 문화 자체가 거의 없다고 한다.
미국이나 일본 같은 나라들에선
정부가 세금을 통해 재난이나 복지를 책임지는 구조이기 때문에
개인의 후원으로 운영되는 구조가 흔치 않다.
우리는 안타까운 일이 생기면 늘 국민에게 호소하는 구조다.
그 점이 늘 마음에 걸렸다.

그렇다고 해서 내가 기부나 나눔을 부정하는 것은 아니다.
나는 해외 아동을 후원하고 있으며,
그 아이들이 잘 자라준다는 소식을 들을 때마다
조용히 미소(微笑) 짓는다.

어떤 형태든,

내가 조금이라도 여유 있을 때

다른 누군가의 하루가 조금 더 편안해질 수 있다면

그것이 바로 사람이 사람답게 사는 길이라 믿는다.

그 믿음(信念)이 지금까지도 나를 지탱해 주고 있다.

나눔이 남긴 따뜻한 울림

살아오면서 누군가에게 도움을 준 순간이 많았다.

그럴 때마다 나는 보답(報答)이나 감사(感謝)를 기대하지 않았다.

내가 가진 것 중 나눌 수 있는 것이 있다면

그저 마음 가는 대로 손을 내밀었다.

전세금이 부족해 어려움을 겪는 이에게

거액(巨額)을 지원한 적도 있었고,

급한 사정에 놓인 사람에게는 이자 없이 돈을 빌려준 일도 있었다.

하지만 안타깝게도, 그 가운데 가끔은

감사의 말 한마디 없이 떠난 사람도 있었고,

연락이 끊긴 경우도 있었다.

그럴 때도 나는 원망하지 않았다.

그건 그 사람의 몫이지,

내가 손해 본 삶이라고 생각하지는 않았다.

이러한 사실을 알게 된 조카부부가 어느 날 내게 말했다.

"숙부님 내외분은 정말 천사(天使)예요.
그 사람은 지금도 그 은혜(恩惠)를 기억하고 있을 거예요."

쑥스럽고 낯간지러운 말이었지만,
그 말이 내 마음 한구석을 따뜻하게 데워주었다.

고요한 나눔이 주변 사람들에게까지 전달되었고,
그로 인해 또 다른 울림을 만들어냈다는 사실이
오히려 내게 더 큰 선물이 되었다.

나는 앞으로도,
조건 없이 조용히 실천하는 나눔의 자세(姿勢)를 잃지 않고 싶다.
크게 보이려 하지도 않고, 칭찬(稱讚)을 바라지도 않는다.
다만 내가 가진 마음과 여유(餘裕)를 필요한 이에게 흘려보내는 삶,
그것이 곧 나답게 사는 길이라 믿는다.

3

유통인으로 살아온 시간, 그리고 제안

농업과 유통의 연결, 사람을 잇는 철학의 실천

나는 단순히 물건을 사고파는 사람으로 남고 싶지 않았다.
그저 이윤만을 좇는 장사꾼이 아니라,
농산물 유통을 '삶의 사명'으로 받아들이며 살아온 사람,
그것이 나의 자부심이자 정체성이었다.

시장에서 농민들과 눈을 마주치며,
현장의 목소리를 듣고, 소비자들의 기대를 헤아리며
내가 유통인으로서 어떤 가치를 남길 수 있을지 늘 고민해왔다.
그 길 위에서 나는
'정직', '신뢰', '지속가능성'이라는
세 단어를 가슴에 새기며 걸어왔다.

농업과 유통은 함께 가야 한다

우리 사회의 농산물 유통 구조는
오랫동안 불균형(不均衡) 속에 놓여 있었다.
농민(農民)은 정당한 값을 받지 못하고, 속에 놓여 있었다.

농민은 정당한 값을 받지 못하고,
중간상인(中間流通人)은 불필요한 오해를 받으며,
소비자는 품질에 대한 불만(不滿)을 품는다.
이 셋 중 단 하나라도 무너지면
유통 생태계(生態系) 전체가 흔들리게 된다.

나는 언제나 말했다.

"농업과 유통은 함께 가야 한다."

생산자와 유통인, 소비자가 서로 신뢰하고 협력할 수 있어야
농산물 유통(農産物 流通)이 안정되고,
그 안에서 모두가
지속 가능(持續可能)한 삶을 이어갈 수 있다.

정부는 단순한 규제나 지원이 아니라,
이 세 주체가 유기적으로 연결될 수 있도록 제도를 설계해야 한다.
정직하게 일한 사람이 손해 보지 않고,
신뢰를 바탕으로 거래할 수 있는 사회,
그것이 내가 꿈꾸는 유통의 길이다.

나는 평생 이 말을 지켜왔다.
"남들한테 뒷말 안 듣고 살 수 있다면, 그게 진짜 성공이다."
그리고 지금도 그 생각은 변함없다.

내가 실천해온 유통 철학과 경영 모델

지금의 유통 환경(流通 環境)은
그 누구도 과거 방식으로는 살아남기 힘든 시대다.
소상공인과 중간 유통 상인들도
이제는 전략가이자 분석가,
스스로 배우고 판단할 줄 아는 경영자가 되어야 한다.

나는 늘 "농민이자 유통인"이라는 이중의 정체성을 강조해왔다.
직접 생산자와 협력하며 거래하고,
소비자와의 피드백을 실시간으로 반영하여
시장에 맞춘 유통 전략을 세운다.

나는 이 구조를 '상업농업(商業農業)' 또는
'협업형 농업 경영 모델(協業型 農業 經營 模型)'이라 부른다.
단순히 유통만 하는 것이 아니라,
농민의 마음을 아는 상인으로 살아가는 길,
그게 내가 걸어온 유통의 철학이었다.

한 번은 누군가 내게 물었다.
"대표님은 사무실(事務室)도 없고, 별다른 관리 구조(管理 構造)도 없는데
어떻게 그렇게 조직(組織)을 운영하세요?
나는 웃으며 말했다.
"사람 하나하나를 믿고,
일이 자연스럽게 돌아가게끔 신뢰를 심은 겁니다."

나는 지금도 전용 사무실 없이,

30명 가까운 종사자들과 유연하게 일하고 있다.

복잡한 조직 구조 없이도

모두가 자기 역할에 충실하며 불만 하나 없는 이 시스템은

누가 보아도 '작은 기적(奇蹟)'이라 할 만하다.

이건 단순한 경영(經營)의 성과(成果)가 아니라,

오랜 시간 정직과 신뢰로 쌓아온 인간관계의 결과다.

이 모델이 앞으로 후배들에게 하나의 참고가 되었으면 좋겠다.

농업(農業)도, 유통(流通)도 결국은

신뢰(信賴)와 관계(關係)의 힘으로 움직여왔다.

다시 말하는 고랭지 배추의 교훈

농업의 위기를 넘기 위한 유통인의 제안

앞서 이 회고록의 한 장에서

강원도 고랭지(高冷地) 배추 계약재배(契約栽培)를 중심으로,

나는 농업과 유통의 협력 가능성, 그리고

기후 변화와 토양 문제로 인한 위기를 실감했던 경험을 정리한 바 있다.

그러나 이 문제는 단순히 한 번 언급하고 지나칠 사안이 아니며,

지금 이 자리에서 다시 한 번 강조하고 싶은 핵심이기에

이 장에서 요점을 정리하며 마무리하고자 한다.

계속되는 고랭지의 위기, 그리고 세 가지 실천적 제언

• 순환 휴경(休耕) 제도의 제도화
  → 병해와 지력 저하를 막기 위해 고랭지에서도 주기적 휴경을 제도적으로 보
    장해야 한다.
• 대체작물 재배 전환 지원
  → 토양 회복에 효과적인 작물을 유도하고, 초기 수익 감소에 대한 실질적 보
    상이 필요하다.
• 권역별 순환 작부(作付) 체계 마련
  → 토양 분석 데이터를 기반으로 조합·지자체·연구기관이 협력하여 작부 체계
    를 설계해야 한다.

이 세 가지는 이미 현장에서 체감한 위기의 대응 전략이며,
정부와 현장, 농가가 함께 풀어가야 할 과제이기도 하다.
나는 계약재배를 통해 선지급을 감수하면서까지
리스크(risk)를 떠안아온 유통인으로서,
그리고 농업 유통의 미래를 현장에서 설계해온 실천자로서
이 제언이 실질적인 정책으로 이어지기를 간절히 바란다.

농림축산식품부 장관 표창의 의미

유통의 길은 결코 쉽지 않았다.
그러나 오랜 시간 현장에서 땀 흘리고 연구하며
작황 예측(作況 豫測), 산지 가격 안정(産地 價格 安定),
협동조합(協同組合) 운영 등의 분야에서 성실히 일한 결과,
나는 농림축산식품부 장관 표창을 받게 되었다.

표창장 한 장이 인생을 바꾸진 않는다.

그러나 그 속에는

나의 노력(努力), 신념(信念), 실천(實踐)이 담겨 있다.

특히 채소 특용작물 유통(特用作物 流通) 초기 시범사업,

농업 정책 제안(農業 政策 提案),

협동조합을 통한 공급 안정화는

단순한 장사를 넘어선 실천이었고,

그 모든 과정이 하나의 공로로 인정받은 것이다.

나는 그 상장(表彰狀)을 지금도 책상 한켠에 두고 있다.

그건 자랑이 아니라,

삶의 발자취(足跡)에 대한 사회의 작은 격려(激勵)라고 생각한다.

유통상인 후배들에게 전하고 싶은 말

요즘 유통업에 발을 들이려는 후배들을 보면

한편으론 기특하고, 또 한편으론 걱정이 앞선다.

이 길이 얼마나 험하고 외로운지 알기에

나는 늘 그들에게 이렇게 말한다.

"장사는 결국 신뢰입니다.

고객(顧客), 거래처(去來處),

그리고 함께 일하는 사람들과의 신뢰(信賴)가 전부예요."

거창한 비전(vision)보다 중요한 건

정직함, 꾸준함, 그리고 말보다 행동이다.

그것이 내가 수십 년 동안 지켜온 원칙이었다.

나는 이 회고록이

지금 막 장사의 길에 들어선 이들에게

단순한 과거 이야기가 아니라,

살아 있는 조언이자 하나의 교과서(敎科書)가 되기를 바란다.

농업 유통은 예술(藝術)이다.

단순히 물건을 파는 일이 아니라,

사람과 사람을 잇고,

신뢰를 쌓고,

세상을 조금 더 따뜻하게 만드는 일이다.

4

베팅의 연속, 인생을 바꾼 네 번의 선택

포기하지 않고 밀어붙인 용기와 긍정의 기록

첫 번째 베팅 - 서울행

임하댐 수몰(沒落)로 고향 마령(馬嶺)을 떠나며
나는 낯선 도시 서울로 향했다.
가족을 이끌고 삶의 터전을 옮긴 그 선택은
모든 것을 잃고도 다시 시작하려는'삶을 건 첫 베팅'이었다.

아무것도 없는 상태에서 막노동을 시작했고,
그 속에서 새로운 가능성과 기회의 조짐을 보았다.
그게 내 인생의 두 번째 막(幕)의 시작이었다.

두 번째 베팅 - 장사의 길에 들어서다

서울 생활에 어느 정도 적응했을 무렵,
나는 유통이라는 낯선 세계에 발을 들였다.
배추장사, 그것이 나의 두 번째 베팅이었다.
낯선 시장, 낯선 품목. 하지만 나는 믿었다.

현장을 직접 뛰며 익힌 감각과 판단이
나를 어디론가 데려다 줄 것이라는 확신을.
그 확신은
"1,000만 원을 내 손으로 두 배로 만든다"는
단단한 의지로 이어졌다.

세 번째 베팅 - 1,000만 원의 결단

이때 나는 전 재산을 쏟아부었다.
오랜 저축과 여동생의 결혼자금 일부까지 보태어
총 1,000만 원.

지금 기준으로는 작아 보일지 몰라도,
그땐 내 가족의 생계를 건 전부였다.
김장철에 맞춰 배추를 선매입했고,
시장 반응을 정확히 읽었다.
그리고 결국
1,000만 원이 2,000만 원이 되는 기적을 경험했다.
그때 처음으로
"나도 할 수 있다"는 자신감과 자존감이 생겼다.

네 번째 베팅 – 계약재배 시스템의 정착

장사 경험을 쌓고 경영을 익힌 나는
전국의 농가와 손잡고 계약재배(契約栽培)라는 시스템을 도입했다.
전라도 해남, 진도에서
경상도 영양, 청송, 강원도 대관령까지
기후에 따라 출하 시기를 분산시키고,
작물의 품종도 달리하며 리스크를 줄였다.

무엇보다,
수확 6개월 전 계약금을 선지급하고,
아직 심지도 않은 작물에 투자한다는 발상은
'농업의 선물거래(先物去來)'라 불릴 만한 실험이었다.

나는 이 시스템을
기획된 농업(企劃 農業), 협업 유통(協業 流通),
그리고 신뢰 기반 거래의 집약체로 만들었다.
그게 내 인생 네 번째 베팅이었다.

인생을 바꾼 베팅의 교훈

이 모든 베팅의 출발점은 물에 잠긴 마령리 마을이었다.
그 수몰이 없었다면,
나는 여전히 들판에서 고단한 농사를 짓고 있었을지 모른다.

고향은 잃었지만, 도시에서 나는 두 번째 인생(人生)을 시작했다.
그리고 그것이 나의 재도전(再挑戰)의 기록(記錄)이며,
삶을 바꾼 첫 '베팅(betting)'의 결과였다.

그 선택이 성공할 수 있었던 건 운(運)이 좋아서가 아니라,
은혜(恩惠)를 알고 감사하는 마음,
그리고 긍정(肯定)의 자세로 끝까지 밀어붙인 태도 덕분이었다.
내 삶의 굴곡마다 항상 긍정의 힘이 있었다.

그 덕분에 나는 넘어져도 다시 일어설 수 있었고,
앞이 보이지 않을 때에도 한 걸음 더 나아갈 수 있었다
삶의 태도는 결국 삶의 방향(方向)을 결정한다.
나는 이 믿음을 앞으로도 지키며 살아가고 싶다.

이 글을 읽는 누군가가
나처럼 '베팅'의 용기(勇氣)와 긍정(肯定)의 마음으로
다시 일어설 수 있기를 진심(眞心)으로 바란다.
그것이 내가 이 책에 담고 싶은 마지막 바람(希望)이다.

인생의 결실 앞에서

회고록 작성을 마치고 다시 내 삶을 되돌아보니,
참으로 많은 일들이 있었고,
그 하나하나가 지금의 나를 만들어주었다는 생각이 든다.

살아온 날보다 살아갈 날이 적어진 지금,
무엇을 더 이루겠다는 욕심보다는
그동안 어떤 마음으로 살아왔는지,
내가 걸어온 길이 어떤 의미였는지를
조용히 되짚어보게 된다.

살면서 많은 일이 있었다.
순탄치 않은 길이었고, 때로는 가파른 언덕도 있었다.
하지만 돌아보면 그 모든 순간들이
결국 나를 만들어준 시간이었다.

내가 특별해서 살아남은 것이 아니라
늘 정직하게 살려고 했고,
지켜야 할 원칙을 쉽게 무너뜨리지 않았기 때문이라 생각한다.

신뢰는 하루아침에 생기는 것이 아니다.
말보다 행동이 먼저였고,
그렇게 쌓인 믿음이
사람들과의 관계를 단단히 이어주었다.

내가 장사꾼으로 시작해 법인을 세우고
유통업의 한 길을 걸어올 수 있었던 것도
이 나라가 자유롭고 공정한 시장경제의 틀을
지켜왔기 때문이라고 믿는다.

이승만 대통령이 자유민주주의에 기초한 국가를 세우고
박정희 대통령이 산업화를 이끌어 기반을 닦아주셨기에
우리 세대가 스스로 도전하고
삶을 일굴 수 있는 기회를 가질 수 있었다.
그 덕에 나도 베팅할 수 있었고,
결과적으로 성공이라는 열매를 얻을 수 있었다.

그러나 그 성공은 결코 운만으로 이루어진 것이 아니다.
분석하고 준비했으며,
기회를 놓치지 않으려는 집중력과
실행력도 스스로 단련해 왔다.
무엇보다 정직함과 성실함이
운을 가능성으로 바꾸는 힘이 되었다고 믿는다.

삶을 살아오며 나는 '나눔'이라는 가치를 중요하게 여겼다.
무언가를 가진 사람만이 나누는 것이 아니라,
마음이 있는 사람이 나눌 수 있다고 생각했다.
나눔은 결국 사람이 사람답게 살아가는 방식이고,
함께 살아가는 공동체의 기반이라 믿는다.
작은 실천이라도 꾸준히 이어오며
내 방식대로 그 가치를 지켜왔다.

지금 우리 사회는 혼란과 분열 속에 놓여 있다.
누가 옳고 그르냐를 떠나,
서로 다른 생각과 입장을 존중하며
이 나라가 다시 하나의 공동체로 묶여가길 바란다.
안정된 사회, 성숙한 민주주의,
그리고 자유와 책임이 함께하는 나라가
다음 세대를 위한 가장 든든한 유산일 것이다.

나는 부족하지만 최선을 다해 살아왔다.
어떤 선택도 대충 한 적이 없었고,
결정 앞에서는 늘 신중하려 했다.
지금 이 순간에도 내가 걸어온 길을 후회하지 않는다.
삶을 성실하게 쌓아올린 것,

그 자체로 충분히 의미 있는 여정이었다.

이 회고록이 누군가에게
묵묵히 자신의 길을 걸어가는 사람의 기록으로 남아
조금의 위로나 격려가 될 수 있다면,
그것으로 족(足)하다.

집안의 어른으로서,
나는 이 기록이 다음 세대에게 하나의 길잡이가 되기를 바란다.
세상이 아무리 변해도,
사람답게 사는 길은 결국 '성실'과 '정직', 그리고 '따뜻한 마음'이라는 걸
잊지 않았으면 좋겠다.

그 믿음을 품고, 자신의 삶을 묵묵히 걸어가는 이들이
결국 가장 깊은 뿌리를 내린다는 것을
내 삶으로 전하고 싶었다.

삶을 지켜본 존경과 사랑을 담아

나는 숙부님의 조카이자, 인생의 후배로서
이 회고록을 함께 써 내려가는 과정을 큰 축복으로 느꼈습니다.
처음에는 한 사람의 삶을 글로 정리한다는 일이 쉽지 않게 느껴졌지만,

숙부님과 나눈 이야기 하나하나가 제 마음속에 작은 울림이 되어
결국 이렇게 글을 다듬고, 마지막 페이지까지 함께할 수 있었습니다.
숙부님은 늘 조용하고 과묵하신 분이셨습니다.
말수가 많지는 않으셨지만,
그 침묵 속에는 책임감과 진중함이 담겨 있었습니다.
어릴 적 제 기억 속 숙부님은

집안 어른들로부터도, 친척들과 조카들에게도,
그리고 마을 사람들과 친구들에게도
늘 한결같이 존경받는 분이셨습니다.

특히 젊은 시절부터 문중의 대소사를 챙기며
중심 역할을 하셨다는 점은
지금 시대의 젊은이들로서는 상상하기 힘든 일입니다.

그만큼 숙부님은 책임을 기꺼이 지고, 조용히 실천하는 어른이셨고,
그 품격은 시간이 갈수록 더 깊어졌습니다.

항상 새벽같이 움직이며 일터로 향하셨고,
말보다는 행동으로 모든 것을 보여주셨습니다.
그런 삶을 글로 담는 일은
생각보다 더 깊은 감동과 묵직한 여운을 남겼습니다.

회고록을 준비하며 숙부님과 여러 차례 마주 앉았습니다.
마령리에서 보낸 어린 시절 이야기,
임하댐 수몰로 인해 고향을 잃고 새로운 땅으로 옮겨야 했던 아픔,
서울에서의 치열한 삶과 유통업에 몸담으며 세상과 마주한 시간들.
그 모든 이야기는 단순한 개인사가 아닌,
한 시대를 살아낸 이들의 공통된 역사처럼 느껴졌습니다.

숙부님의 말 한마디, 그윽한 눈빛 속에는
견디고 살아낸 사람만이 가질 수 있는 무게가 담겨 있었습니다.
저는 그 이야기를 들으며 말없이 존경을 배웠고,
삶을 대하는 태도에 대해 다시 생각하게 되었습니다.

특히 감동적이었던 것은
숙부님의 삶이 늘 '타인을 위한 마음'으로 채워져 있었다는 점입니다.
고향을 잊지 않고 기부로 마음을 전하시고,

사업이 자리를 잡은 후에는 사회를 위한 제안과
후배들을 위한 길까지 고민하신 삶.
숙부님은 늘 자신보다는 이웃과 공동체를 먼저 생각하셨습니다.

그런 모습을 지켜보며 저는 참된 어른의 길을 배웠고,
무언가를 이루는 것보다 어떻게 살아가는가가 중요하다는 가르침을
마음 깊이 새기게 되었습니다.

지금 이 글을 쓰며, 저는 숙부님의 삶을 하나의 '길'로 기억합니다.
조용하지만 강인하게,
흔들릴 때도 있었지만 결국 다시 일어서는 삶.
굽이진 길 위에서도 언제나 따뜻함과 원칙을 잃지 않으셨던 모습.
그 길 끝에서 숙부님은 말씀하셨습니다.

"모든 것이 은혜였다."

그 짧은 말 한마디에
저는 인생 전체의 무게와 깊이를 느낍니다.
이 회고록은 단지 한 사람의 기록이 아닙니다.
조용히 일하고, 묵묵히 가족을 지키며,
세상을 조금 더 따뜻하게 만든
수많은 이들의 삶을 대표하는 기록입니다.

그리고 저는 숙부님의 삶이야말로
진정한 기업가정신을 실천한 사례라고 생각합니다.
실제로 제가 쓴 책 속에 기업가정신의 모범 사례로

숙부님의 이야기를 담을 수 있을 만큼,
그 삶은 시대적 의미와 개인적 감동을 함께 지니고 있습니다.

이 글을 읽는 누군가가
숙부님의 걸음을 따라가며
조금은 다른 시선으로 오늘을 살아가게 되기를 바랍니다.
그렇다면 이 회고록은 이미 제 역할을 다한 것이라 믿습니다.

숙부님,
긴 여정을 함께 정리할 수 있게 해주셔서 감사합니다.
그 삶을 배우고, 곁에서 느낄 수 있었던 저는
참으로 복된 사람입니다.

고희를 진심으로 축하드리며,
무엇보다 건강 잘 챙기시길 바랍니다.
진심으로 존경하고, 사랑합니다.

2025. 5.

조카, 박무일 올림

참고문헌

농수축산신문(https://www.aflnews.co.kr)

디지털안동문화대전(https://andong.grandculture.net)

대한민국 보훈방송 (https://www.kvpbnews.com)

밀양박씨판도공파족보(密陽朴氏版圖公派族譜)

(사)한국유통법인중앙연합회(http://www.packer.or.kr)

서울특별시농수산식품공사(https://www.garak.co.kr)

안동시(https://www.andong.go.kr)

안동시 임동면(https://www.andong.go.kr/csc/imdong/main.do)

한국농어민신문(www.agrinet.co.kr)

한국민족문화대백과사전(https://encykorea.aks.ac.kr)

한국신선채소협동조합 (http://www.kfvc.org)

선물거래 베팅사

농업과 유통을 예술처럼 일궈낸 70년의 기록

1판 1쇄 발행 2025년 5월 24일

저자 박성수　**감수** 박무일

편집 윤혜린　**마케팅 · 지원** 이창민

펴낸곳 (주)하움출판사　**펴낸이** 문현광

이메일 haum1000@naver.com　**홈페이지** haum.kr
블로그 blog.naver.com/haum1000　**인스타그램** @haum1007

ISBN 979-11-7374-062-6(03810)